내 방에서 펼쳐진 것은
토론과 논쟁, 그 사이의 무언가였다.

나는 머리부터 스웨터 안으로 집어넣었다.

재
회

제3부 나와 호랑이님 결(結) 4권

카넬 지음

영인 일러스트

목차

시작하는 이야기

"……."

"……."

이렇게 이른 시기에 **또** 다시 만나게 될 거라고는 상상도 하지 못했기에, 우리 사이에는 어색한 분위기가 감돌았다.

내 쪽이 불청객인 이상 먼저 말문을 터야 할 것 같은데, 쉽사리 입이 안 떼어지네.

결국 난 온갖 노력, 그러니까 머리를 긁적이고, 발로 땅을 몇 번 긁고, 하늘을 올려다보고, 한숨을 내쉰 뒤에야 겨우겨우 말할 수 있었다.

"이렇게 다시 볼 줄은 몰랐네."

그에 반해 상대는 너무나 쉽게 입을 열었지만.

"그건 내가 할 말이야, 요괴의 왕."

염라대왕.

발설지옥의 염라대왕은 골치가 아프다는 듯 머리를 부여잡았다.

"여기는 산 사람이 함부로 들락거려서는 안 되는 곳이라는 거 몰라? 이러다가 정말로 이승과의 연이 끊어져 버리면 어쩌려고 그래?"

"……나도 오고 싶어서 온 게 아니라고."

염라대왕은 푸욱, 깊은 한숨을 쉬고서는 허리춤에 걸어 놓고 있던 호리병에 입을 댄 뒤 꿀꺽꿀꺽.

여기까지 향이 풍겨 올 정도로 독한 술을 마셨다.

그러자 거짓말처럼, 불같이 타오르던 붉은색 머리가 썰물 때 바닷물이 빠지듯이 머리끝에서부터 새하얗게 변해 갔다.

……밀물이었나?

어쨌든, 그뿐만 아니라 잘 벼린 칼날처럼 날카롭던 눈매도 느슨해진 게, 벌써 술이 도는 것 같다.

딸꾹, 평범한 사람이었다면 급성 알코올 중독증이 걱정되었을 염라가 말했다.

"그래도오, 돌아갈 수 있으는 방법 없이 온 거언 아닌 것 같지마안."

"……그러냐?"

"뒤를 봐아."

염라의 말에 따라 나는 뒤를 돌아보았다.

내 엉덩이에 나 있는 흰색 줄이 어딘지 모를 곳까지 길게 이어져 있었다.

나는 너무나 가벼운 흰색 줄을 손으로 들어 올리며 염라에게 말했다.

"이건 뭐야?"

염라가 살짝 미소 지으며 말했다.

"정신주울은 아닌 것 같은데에?"

네가 정신줄이 제대로 붙어 있으면 기자 회견에서 그런 짓은 하지 않았을 거라고 이해하면 되나?

머쓱해진 나는 일부러 머리를 긁적이며 염라에게 말했다.

"그게 가장 좋은 방법인 것 같았거든."

"그거언 네 생각이겠지마안."

"부정하지 못하겠습니다."

나는 두 팔을 번쩍 들었다.

그 말 그대로니까. 꼭 이런 방식이 아니어도 문제를 풀어 나갈 방법은 수도 없이 많았을 거다.

하지만.

"그래도 말이야."

이번에는 다른 의미로 머쓱해져서 볼을 긁적이며 말했다.

"나도 슬슬 한계였거든."

내 말에 희게 변했던 염라의 눈동자에 살짝 붉은 기가 돌아왔다가 사라지고, 그 자리를 헤벌쭉한 미소와 잘 어울리는 장난기 어린 시선이 채웠다.

"헤에에~ 그러언 거였구마아안~ 요괴의 와앙도 남자였어어~"

찌르지 마. 다른 곳은 다 괜찮으니까 옆구리만은 찌르지

마. 나도 모르게 흙바닥에 엎드려 죄송합니다, 라고 말할 것 같으니까.

"그만해라."

그래서 난 염라의 팔목을 잡아서 만약의 사태를 대비하려 했다.

"오차차아."

그전에 염라가 술에 취한 녀석이라고는 볼 수 없는 날랜 몸놀림으로 내 손길을 피했지만.

"시집도오 안 간 여자 손목을 잡으려고오 하는 거야, 요괴의 와앙?"

나는 다른 사람을 놀리는 걸 좋아하지만, 놀림 받는 건 그다지 즐기는 성격이 아니다.

세희요? 그 녀석은 좀 예외고.

어쨌든, 그렇기 때문에 나는 염라의 말에 팔짱을 낀 채 콧방귀를 끼며 말했다.

"네 결혼 적령기는 옛날에 지났으니까 괜찮지 않을까?"

그 순간.

"……뭐?"

염라의 몸 주변으로 희뿌연 수증기가 피어 나오고 독한 술 냄새가 코끝을 찔렀다.

그뿐일까.

분명 조금 전만 해도 만년설처럼 새하얗던 염라의 머리카락이 붉은색을 되찾는 것으로 모자라, 활활 불타오른다.

진짜로, 진짜 불타고 있어.

당연히 염라의 바로 앞에 있던 나는 그 열기를 이기지 못하고 뒤로 물러나서는 두 손으로 얼굴을 가렸다.

그건 불행 중 다행이었다.

"지금 뭐라 했어, 요괴의 왕? 지금 나보고 시집도 못 간 노처녀라고 한 거야? 응?"

머리끝까지 화가 치밀어 오른 염라대왕의 얼굴을 보고서 겁에 질리지 않을 수 있었으니까.

그럼에도 염라대왕에게서 뿜어져 나오는 기운은 재판장에서 봤던 그것과 비교할 수 없을 정도로 강대해서 쉽게 받아낼 수 없었다.

누구에게나 역린이 있고, 염라대왕에게는 그게 결혼이었나.

나는 진심으로 반성하며 말했다.

"그런 말은 한 적 없습니다아아아아?!"

……말했는데, 등 뒤에서 누군가가 엉덩이를 잡아당기는 바람에 목소리가 늘어져 버렸다.

아니, 왜 엉덩이야?

갑자기 뒤로 당겨지는 덕분에 깜짝 놀라면서도 나는 고개를 뒤로 돌려 돌아보았고, 엉덩이에서 나 있는 줄이 조금 전과 달리 팽팽하게 당겨져 있는 모습을 볼 수 있었다.

상황을 이해하지 못한 채 강대한 힘에 날아가듯 뒤로 끌려가는 내 귓가에.

"요괴의 왕! 날 노처녀라고 놀린 대가를 치르도록 만들 거야!! 두고 봐!!"

　염라의 분노에 찬 목소리를 들으며, 나는 도대체 인생 몇 번째인지 모를 기절을 하고 말았다.

첫 번째 이야기

집에 오는 길은 때론 너무 길다.

뻥 뚫린 고속 도로를 자가용으로 질주했는데도 4시간이 훌쩍 넘어 버렸으니까.

그렇기에 겨우겨우 돌아온 집은 상당히 반가울 수밖에 없었다.

이제야 좀 쉴 수 있구나!

결론부터 말하면, 그건 내 오산이었지만.

"이 망할 놈아아아아아아!!"

집에 오자마자 이런 꼴을 당하고 있거든요.

정확하게 말하자면, 마당으로 들어오자마자 버선발로 나와 부적으로 만든 계단 위에 올라선 냥이에게 멱살을 잡힌 채 격렬하게 앞뒤로 흔들리고 있는 내 모습을 제삼자의 입장에서 지켜보고 있는 상황을 이야기한다.

어쩔 수 없겠지.

냥이의 입장에서는 내가 아무 말도 안 하고 아침 일찍 몰래

나간 다음에 대형 사고를 터트리고 돌아온 거나 마찬가지니까.

"내가아아아! 이런 꼴을 보기 위해서어어어어 흰둥이의 손을 잡은 것이 아니니라아아아!!"

……그래도 말이죠. 이제 좀 그만 흔들어 주시면 안 되겠습니까.

탈곡기에 들어간 벼처럼 탈탈 털리고 있는 내 꼴을 보고 어쩔 줄 몰라 하는 아이들이 걱정되거든요.

"둥둥 떠 있어서 재밌겠다, 아빠."

"그런가요?"

"응! 나도 하고 싶어!"

"그래요, 그럼 성훈에게 부탁해 볼까요?"

"응!"

걱정해 줘, 성린아! 너는 나를 좀 걱정해 주라!

그런 내 생각을 읽은 듯, 성린이 고개를 들어 **이쪽**을 보며 '왜 재미있는 장난을 당하고 있는 아빠를 걱정해야 하는 거지?'라는 듯 고개를 갸웃거렸다.

"도대체에에에!! 네노오오옴은 생각이라는 게 있느냐아아아아!!"

지금 내가 딴눈을 팔 상황이 아니네.

냥이가 이 정도로 감정을 드러내는 건 처음 보는 것 같으니까.

역시, 내 선택은 옳았어!

그건 그렇고 말이지.

언제까지 이렇게 유령처럼 허공을 둥둥 떠 나니고 있어야 하는 걸까.

그런 내 생각에 대답하듯 경호를 위해 따라온 곰의 일족과 리무진을 돌려보내고 뒤따라온 세희가 말했다.

"그만하시지요, 냥이 님. 주인님의 혼백이 육을 떠나 저승에서 불러와야 했을 지경이니 말이죠."

세희가 오른손으로 허공에 둥둥 떠서 아래에서 벌어지고 있는 꼴을 구경하고 있는 나를 가리켰다.

그러자, 냥이가 획! 고개를 돌려 내가 떠 있는 곳을 돌아보았다.

옆에서 구경하던 것과는 다른 박력이 느껴진다.

"네놈은 뭘 잘했다고 거기 있느냐! 썩 돌아오지 못할까!"

냥이의 포효에 세희가 줄을 풀었고, 나는 육체와 영혼이 다시 하나가 되며 그 충격에 정신을 잃…….

"일어나거라!"

냥이의 호통에 정신이 들고 말았다.

"으어어어어……."

진탕 취할 때까지 술을 마셔 본 적은 없지만, 이런 게 숙취하고 비슷하지 않을까? 끔찍한 두통을 느끼며 눈을 뜬 나는 다시 눈을 감는 게 좋을 것 같다는 생각이 들 정도로 화가 난 냥이를 볼 수 있었다.

냥이가 외쳤다.

"지금의 네놈이 있기까지 얼마나 많은 이들이 고생했는지 알고나 있느냐! 그 공든 탑을 제 손으로 무너뜨린 놈이 무얼 잘했다고 정신을 놓고 있느냐!"

나는 두 눈을 깜빡거린 후.

냥이의 등 뒤로 이마를 짚고서 한숨을 내쉬고 있는 나래를 본 뒤.

강 건너 불구경하고 있는 태도의 세희에게 시선을 돌리고.

안절부절못하고 있는 랑이와 치이와 페이와 아야, 내게 달려들고 싶어 하는 성린의 어깨를 두 손으로 잡고 있는 성의 누나를 보고서.

다시 눈앞의 냥이를 보며 말했다.

"나도 고생했는데?"

물론 농담이다.

조금은 분위기를 풀어 보려고 한 농담이었는데.

"이놈이이이이?!"

내 멱살을 잡은 냥이의 손이 하나가 되고 다른 한 손은 주먹을 쥔 채 뒤로 쭉 뺐다.

"그쯤 하셨으면 되었습니다, 냥이 님."

다행이도 냥이의 주먹이 내 얼굴을 날려 버리기 전에 세희가 손목을 잡아챘지만.

냥이가 사냥감을 낚아채려 뛰어오르는 호랑이처럼 눈썹을 꿈틀거리며 옆을 돌아보고서 말했다.

"놓아라."

"죄송합니다만 그럴 수 없습니다, 냥이 님."

"허!"

18
나와 호랑이님 23

어이없다는 듯 숨을 토해 낸 냥이가 피식 웃음을 흘리고서는 세희에게 말했다.

"내가 한동안 네놈들의 가족 놀음에 어울려 주었다고 해서 우습게 보이기라도 하느냐?"

"설마 그렇겠습니까? 저는 그저 가뜩이나 멍청하고 못생긴 주인님의 얼굴을 이 이상으로 엉망으로 만들었다가는 안주인님께서 사람의 내면만을 중시하는 선녀 같은 분이라……."

"내 지금 네놈의 농을 받아 줄 기분이 아니라 하지 않았느냐!"

야밤의 산길에서 만난 호랑이처럼 날카롭게 안광을 흩뿌리며 으르렁거리는 냥이를 보고서 깨달았다.

처음 만났을 때부터 지금까지, 냥이가 나를 대하는 데 언제나 마음을 써 주고 있었다는 것을.

그래, 밉든 싫든……. 보통 '밉든 곱든'이라고 해야겠지만, 어쨌든.

밉든 싫든 증오하든, 사랑하는 여동생의 남편감이기에 그 정도의 마음은 써 줬다는 거다.

"내 오늘 이것의 버릇을 단단히 고쳐 놓아야 속이 풀리겠느니라!"

하지만 지금의 냥이는 그 모든 것을 잊고서 그저 한 명의 요괴로서 나를 대하고 있는 느낌이 들었다.

아니, 다르게 말해야겠군.

사랑하는 여동생을 위해 인간과 요괴가 같이 살아갈 수 있는 세상이 열리기를 바랐던 언니이자 한 명의 요괴로서.

그렇기에 나도 냥이를 처형으로서, 그리고 인간과 요괴가 함께 살아가는 세상을 만들어야 할 책임을 가진 요괴의 왕으로서 대하기로 했다.

"미……." "안 되는 거예요!!"

치이가 양팔을 벌리고 냥이의 앞을 가로막은 덕분에 중간에 먹히고 말았지만.

"저도 냐, 냥이 님처럼 오라버니가 한마디 상의 없이 이런 일을 벌인 건 마, 많이 화가 난 거예요! 그, 그래서 냥이 님이 화, 화, 화내시는 것도 이해되는 거예요!"

성난 호랑이의 기운을 정면으로 받아 내는 건 아직 어린 요괴인 치이에게는 무척이나 벅찰 것이다. 오금을 살짝 누르면 그대로 무릎 꿇고 앉아 버릴 것 같은 떨리는 두 다리와 목소리가 치이가 얼마나 냥이를 두려워하고 있는지 보여 준다.

그럼에도 치이는 냥이에게 외쳤다.

"그래도, 오라버니는 오라버니인 거예요! 평소에는 바보 같고 멍청하고 취향이 특이한 변태에다 틈만 나면 야한 짓만 하고 싶어 하는 오라버니지만! 저희들이 튼 둥지를 언제나 보호해 주시는 믿음직스러운 분이기도 한 거예요! 그러니까 부디 오라버니를 혼내기 전에 이야기라도 들어 봐 주시는 거예요!"

……어, 음, 지금 감동해야 하는 거겠지?

냥이가 부적 위에 올라가 있는 덕분에 치이가 내 앞에 서

있다고 해도 냥이의 진심 펀치를 물리적으로 막을 수 없는 위치에 있다는 사실이라든가.

내 험담 아닌 험담이 섞여 있는 거라든가.

냥이의 뒤에서 페이가 '오이오이, 치이 쨩! 믿고 있었다구!'라고 써진 깃발을 격렬하게 흔들고 있다거나.

이런 거에 딴죽을 걸면 분위기를 못 읽는 거겠지?

"저 겁쟁이 말이 맞아!"

그렇게 내가 잠시 현실 도피를 하고 있는 동안.

아야가 내 옆에 다가와 언제든지 목걸이를 풀 수 있게 자신의 목에 손을 댄 채 냥이에게 말했다.

"이번 일은 아무리 생각해도 우리 아빠가 잘못한 게 맞지만! 그래도 아빠가 도대체 무슨 생각으로 그런 바보 같은 짓을 벌였는지 한 번은 들어 보는 게 먼저야! 혼내는 건 그다음이어도 늦지 않으니까!"

그리고 다른 한쪽 손을 들어 내 가슴 밑에 댔다.

마치, 내가 헛소리를 하면 자기가 먼저 나서서 마취 없는 복부 절개 수술을 하겠다는 의지를 표명하듯이.

하지만.

"닥치거라!"

"꺄우우우~!"

"끼이이잉~!"

냥이가 일갈을 날리자 아이들은 태풍에 휘말린 종이처럼 날아가고 말았다.

……진짜 그랬다는 건 아니고,

나는 냥이의 포효에 주저앉을 뻔한 치이와 아야의 어깨에 올린 손에 힘을 주고서, 냥이에게 말했다.

"그만……"

"그만! 그만하거라, 검둥아!"

선대 요괴의 왕님께서 나서시는 덕분에 이번에도 말이 끊겨 버렸습니다.

평소라면 살짝 민망해져서 시선을 돌려 먼 산이나 바라보고 있겠지만 지금은 그럴 수 없었다.

조금 전만 해도 화창했던 하늘에 검은 구름이 몰려왔으니까.

그 구름만큼이나 어두운 안색의 랑이가 말했다.

"내가 사랑하는 언니가 낭군님과 동생들에게 화를 내는 모습을 보고 있자니 마음이 찢어질 듯 아프느니라. 부디 나를 보아 한 번만 참아 주면 안 되겠느냐? 응?"

화가 머리끝까지 오른 냥이도 울상인 랑이만은 쉽사리 무시할 수 없었던 것 같다.

"……딱 한 번, 이번 한 번만이니라."

자신에게 간청하는 여동생을 무시하지 못하고 주위에 넘실거리는 기운을 갈무리한 뒤.

"흥!"

거센 콧김을 내쉬고서는, 멱살을 놓고 부적 위에서 폴짝 뛰어내렸으니까.

"……"

그리고 세희는 냥이의 손목을 놓지 않았습니다.

그 결과.

세희에게 손목이 잡힌 채 허공에 대롱대롱 매달려 시계추처럼 왼쪽 오른쪽 흔들리는 냥이가 탄생했다.

순간 적막이 흘렀고.

"똑딱똑딱."

성린이 혀를 튕기며 시계 소리를 낸 순간.

"흡!"

냥이가 앞으로 몸을 튕겨, 그 반동으로 몸을 틀어 세희의 손목을 잡아챘다.

"실례했습니다."

그를 피해 세희가 손을 놓고 뒤로 주우우욱 물러났다.

"냥이 님의 기세가 너무나 매서우셔서 몸이 굳어 버렸던지라."

거기에 정수리가 보일 정도로 공손하게 허리를 굽혀 사과하니, 냥이로서도 뭐라 할 말이 없었나 보다.

"……그래, 내 너에게 기회를 주겠느니라."

고개를 돌려 나를 바라보며 화제를 돌리는 걸 보니까.

"다행이네."

말 한마디로 냥이의 화를 머리끝까지 치밀어 오르게 만든 범인이 말을 이었다.

"그럼 일단 들어가서 이야기하자."

곧 눈이 올 것 같으니까.

내 예상대로 검게 물든 하늘에서는 새하얀 눈이 내리기 시
작했다.

군인 아저씨들, 죄송합니다.

이 추운 겨울에 경계 근무를 서는 것도 힘든데, 저 때문에
눈까지 치우시게 됐네요.

정말 죄송해요.

"미안."

그리고 내가 사과할 대상은 비단 군인 아저씨뿐만이 아니
었다.

"아까는 농담을 할 분위기가 아니었는데, 내가 그것도 모르
고 헛소리를 해서……."

"됐고."

냥이가 딱 잘라 말했다.

"도대체 무슨 생각으로 그딴 짓을 벌였는지 설명부터 해 보
거라."

나는 이쪽을 꿰뚫을 것 같은 냥이의 강렬한 눈빛과 아이들
의 복잡한 시선에 간지럽지도 않은 머리를 긁적였다.

아, 이야기 안 했는데.

어째서인지 조금 전만 해도 내 편을 들어 줬던 치이와 페
이, 아야는 냥이의 뒤쪽에 자리를 잡고 앉았다. 그 맞은편에

는 나와 나래, 세희가 앉았고, 랑이는 따로 떨어져서 그 중간에 앉았다.

세상에 대한 선전 포고를 알고 있었던 쪽과 모르고 있었던 쪽, 그리고 중립파로 나눠진 거로 보인다.

덕분에 아이들의 분위기도 평소와 다를 수밖에 없었다.

랑이는 걱정스러운 안색으로 마주앉아 있는 나와 아이들을 번갈아 보며 어찌할 바를 몰라 하고 있고.

치이와 아야는 나에 대한 걱정 반, 울화통 반이 섞인 시선으로 노려보면서 근심에 빠져 있었다.

페이요?

자기 머리 위에다 연기로 구름 위에 떠 있는 다리를, 그리고 그 위에 나와 냥이를 그린 다음에 그 가운데에 [세기의 설전 시작!] 이라고 써 놨지.

……어떻게 보면 우리 집에서 제일 거물인 건 페이가 아닐까.

"쓰으읍!"

아니, 냥군.

나는 랑이를 생각해서 경고로 끝낸 냥이에게 집중하며 입을 열었다.

"어디서부터 이야기해야 할지 모르겠는데, 네가 먼저 물어 봐 주면 안 되겠냐? 내가 그렇게 말을 조리 있게 하는 편은 아니라서 말이야."

"흐음."

내 말이 일리가 있는지 냥이는 진지한 표정으로 고개를 끄덕였고, 아이들은 엉덩이를 들썩거리며 자신들이 하고 싶은 말이 많다는 걸 어필했다.

다만 지금은 냥이가 자신들의 대변자 같은 느낌이라 쉽사리 말을 꺼낼 수 없는 것 같았지만.

"그렇다면 묻겠느니라."

나는 잠시 냥이에게만 집중하기로 했다.

"이런 중요한 일을 어째서 너희 셋이 멋대로 결정하고 행동한 것이느냐."

세희의 무표정과 랑이의 다채로운 표정 변화에 단련된 나는 알 수 있었다.

지금 냥이가 자신도 모르게 아주, 아주아주 조오오오금 섭섭한 티를 냈다는 걸.

성린을 제외한 아이들 역시 얼굴에 크고 작은 차이는 있을지언정 섭섭한 표정은 숨기지 못하고 있다.

그래서 나는 한결 편한 마음으로 냥이에게 말할 수 있었다.

"너희들을 설득할 자신이 없었거든."

왜, 그런 말 있잖아?

허락보다 용서가 쉽다고.

그리고 그 말이 불러오는 폐해를 알고 있는 나는 급히 말을 이었다.

"하지만 납득시킬 자신은 있었고."

냥이의 기세가 무시무시해지려다가 잠시 멈춘 것을 확인한 뒤, 나는 말을 이었다.

"너희들이 무슨 생각을 하고 있는지는 나도 알아."

나는 냥이를 보며 말했다.

"세상에서 그 누구보다 사랑하는 여동생이 불행해지지 않을까."

나는 랑이를 보며 말을 이었다.

"우리 낭군님은 왜 내게 한마디 말도 없이 나갔을까."

나는 치이와 페이와 아야를 차례대로 바라본 뒤 말을 이었다.

"우리 사랑하는 오라버니와 아빠가 잘못되지는 않을까."

나는 잠깐 숨을 돌린 뒤, 냥이에게 말했다.

"결론부터 말하자면, 그럴 만한 이유가 있었고 너희들이 걱정하는 일은 없을 거다. 그럴 자신이 없었으면 이렇게 일을 벌이지도 않았어."

험악한 기세가 살짝 가라앉은 냥이가 내게 말했다.

"그야말로 뜻 모를 자신감이로구나."

응, 응.

마치 약속이라도 한 듯 치이와 페이와 아야가 동시에 고개를 끄덕였다.

"그런 건 아니야."

나는 일부러 머리를 긁적이며 냥이에게 말했다.

"네가 말했잖아. 너는 세상의 거의 모든 대요괴들을 알고 있다고. 게다가 학교 건으로 설득도 했다고 하면서 그 반응도 이야기해 줬어. 그걸 토대로 내게 호의적인 입장인 대요괴들은 이번 일도 일단 지켜봐 주지 않을까 생각했다."

나는 입술을 옴짝거린 냥이에게, 일단 이야기를 계속 들어 달라는 뜻으로 손바닥을 보이며 말을 이었다.

　"그렇지 않은 대요괴들은, 내가 어명이라고 말하긴 했지만 섣불리 움직이지 못할 거야. 내 말을 믿지 않을 테니까. 너희들에게 하늘에 걸고 하는 맹세는 절대적이지만, 인간은 아니잖아? 그러니까 나한테 불만이 있는 대요괴들은 먼저, 이게 자신들을 숙청하기 위한 음모가 아닐까 의심할 거라고 생각했다. 그러면 당연히 자기가 먼저 움직이기보다는 상황을 보기 위해 다른 녀석들을 보내겠지."

　네가 치이와 아야를 내게 보낸 것처럼 말이다.

　전에 냥이와 한 약속이 없었다면, 그렇게 예를 들었을지도 모르겠군.

　"내 생각에는 어느 정도 힘이 있는, 평범한 요괴 정도를 보내지 않을까 싶어. 그 정도면 나도 만반의 준비를 마친 다음에는 싸워서 이길 수 있을 거라고 생각한다."

　나는 살짝 눈짓으로 세희를 본 뒤, 냥이가 고개를 돌려 그곳에 누가 있는지 확인하는 걸 보고서 말을 이었다.

　"전에 세희를 통해 다른 세계에 갔을 때 만난 아사달이 나한테 말했거든. 대요괴들은 몰라도 평범한 요괴들은 사람들도 어떻게든 상대할 수 있다고. 물론 내가 싸움을 할 줄 아는 건 아니지만, 그런 단점을 극복하고도 충분히 남을 만한 무기를 가지고 있어. 랑이가 준 이빨은 평범한 요괴들의 요력 정도는 가볍게 무마시킬 수 있지. 나래가 가지고 있는 웅녀의 뼈 몽둥이는 아무런 힘도 없는 내가 휘둘러도 요괴들에게는 위험한 물건이고. 온라인 게임 같은 거에서 쓰는 말 중에 흔히 템빨, 장비빨이라는 거 있잖아?"

이 정도면 비속어는 아니겠지? 아이들 앞에서 써도 되는 말이겠죠?

"정 안 되면 밤하늘이 준 천부인이라도 손에 쥐고 휘두를 생각이다. 그거, 듣기로는 대요괴도 함부로 손을 댔다가는 큰일 나는 신물이라고 했으니까."

정말 쓰고 싶지 않은 물건이지만, 상황이 여의치 않으면 나도 어쩔 수 없다.

"사람이 만물의 영장이 된 이유가 뭐냐? 동물들과 다르게 도구를 써 왔으니까 그런 거야. 내가 쓸 수 있는 도구들을 최대한 이용하면 평범한 요괴들을 상대하는 것 정도는 나라도 충분히 가능하다고 생각해."

이 정도면 내가 아무 생각 없이 독단적으로 움직인 게 아니라는 걸 알겠지?

그런 시선을 보낸 내게.

"즉."

냥이는 비웃음으로 답했다.

"이리저리 말을 돌리긴 했으나, 네놈이 생각하는 가족이라는 것은 그 정도라는 뜻으로 받아들이면 되겠느냐?"

……역시 냥이다.

사람의 가장 아픈 곳이 어디인지 확실하게 알고 있어.

일부러 왜 '독단적'으로 행동했나가 아닌, 왜 독단적으로 '행동했나.'쪽으로 논점을 흐렸는데…….

당연하다면 당연하달까, 조금도 통하지 않았다.

냥이의 등 뒤에서 한마음 한뜻이 되어 응, 응, 하고 고개를 끄덕이고 있는 아이들을 봐서라도 이번에는 제대로 대답해야겠지.

"아니, 그거와 이건 다르지."

이 말은 별로 하고 싶지 않았지만.

어쩔 수 없지. 지금까지와 달리 앞으로의 미래를 위해서는 반드시 한 번은 짚고 넘어가야 할 일이니까.

"이건 가족을 이끄는 가장이 아니라 요괴의 왕으로서 해야 할 일이었으니까."

내가 확실히 선을 긋자 냥이의 눈썹이 꿈틀거렸다.

"키이잉?!"

머리가 좋은 아야도 내가 한 말의 본질을 깨달았는지 꼬리를 붉게 물들였고.

"아우우우? 그건 무슨 말인 건가요?"

다만 치이는 지금 내가 한 말을 제대로 이해하지 못한 것 같다. 이런 쪽에 대한 경험이 부족하다고 할까, 아니면 나와 자신의 관계를 그런 식으로 구분 지을 수 있다고 생각조차 하지 못한 것 때문일까.

한편 믿었던 이들에게 해코지를 당했던 경험이 있는 폐이는 내 말뜻을 바로 이해하고서 표정이 굳어졌지만.

[……강성훈, 너마저?]

그렇다고 거기까지는 가지 마라.

연기로 단검 만들지도 말고.

나는 난색을 표하며 고개를 흔들었다.

"그런 거 아니야."

죽으면 죽었지, 그럴 일은 절대 없다.

"그저 요괴의 왕인 나와 이 집안의 가장인 나를 조금 구분해야 할 것 같다는 생각이 들었을 뿐이야."

지금도 내 생각은 변하지 않았다.

왕이란 다스리고 책임지는 자다.

하지만 가장은 다르지.

내가 생각하는 가장이란 가족을 보호해야 하는 사람이다.

무슨 일이 있어도 자신의 가족의 안전을 최우선으로 삼고, 내 식구를 위해서는 무슨 짓이라도 해야 한다. 그게 내가 생각하는 가장이다.

왜 몇 번이고 말했잖아?

아이들을 위해서라면 나는 알몸으로 온 동네를 뛰어다닐 각오가 되어 있다고.

그렇기에 만약 내가 가장의 입장에서 이번에 일어난 문제를 해결하려고 했다면 예전과 다르지 않은 선택을 했을 거다.

가족회의를 열고 의견을 나눈 뒤, 가족들의 마음이 담긴 발언을 소중히 하여 결론을 내고, 다시 한번 의견을 묻고 종합하여 행동한다.

지금까지는 할 수 있는 한 그렇게 해 왔다.

크나 작으나 가족 간의 일. 혹은 개인적인 일이었으니까.

하지만 이번 일은 다르다.

알리사르라는 내게 처음으로 요괴의 왕으로서 요괴들에게 공식적으로 대답해야 하는 일을 가져왔다.

그렇기에 나도 요괴의 왕으로서 그녀와 요괴들에게 답을 내주고 싶었다.

원래는 나래와 세희의 도움을 받을 생각도 없었지만, 먼저 두 녀석이 손을 내밀기도 했고……

차를 탈 때는 반드시 안전벨트를 해야 하는 것 아니겠습니까?

먼 옛날부터 요괴들을 관리해 온 곰의 일족의 수장과 선대부터 지금까지 요괴의 왕을 보필해 온 창귀라는 이름의 안전벨트를.

"그래서 나는 너희들의 의견을 묻지 않고, 혼자서 생각하고 답을 냈다."

나는 그렇게 생각을 전했다.

가장 먼저 반응한 건 풀이 죽은 채 내 눈치를 살피며 소심하게 어깨까지만 손을 들어 올린 치이였다.

"……오라버니. 절대, 절대 거짓말하지 말고 농담도 하지 마시고 사실대로 말씀해 주시는 거예요."

"응."

도대체 무슨 말을 하려는지, 세상의 모든 나쁜 소식을 들어도 버텨 낼 각오를 한 치이가 내게 말했다.

"저희는…… **저희 같은 평범한 요괴**는 임금님한테는 도움이 안 되는 건가요?"

"응?"

왜 갑자기 임금님이 나오는지 이해를 못 해서 살짝 얼이 빠져 있는 내게 치이가 말했다.

"오라버니가 아닌 임금님한테는 저희가 도움이 안 되는 거예요?"

……아.

그렇지. 보통 사극이나 전래 동화 같은 걸 보면 평민들은 왕을 임금님이라고 부르곤 했지.

요괴의 왕이라는 소리는 자주 들었지만 임금님이라는 말은 처음이라 순간 무슨 말인가 했네.

임금님.

세상에! 내가 임금님이라고 불리는 날이 오다니! 그것도 치이한테!

"……."

……지금 이딴 생각을 하고 있을 때가 아니었다.

내가 잠깐 딴생각을 하고 있는 걸 다른 의미로 받아들였는지, 치이의 귀 위 머리카락이 평소보다 두 배는 더 추욱 내려가 있고 눈썹도 파르르르 떨리면서 옆에 있는 페이의 손을 잡는 게, 지금 당장이라도 내 목숨보다 귀한 눈물을 뚝뚝 떨어뜨릴 기세였으니까.

왜냐면 저 눈물이 떨어지는 순간 하늘 높은 줄 모르고 눈썹이 추켜 올라간 페이가 내 목을 땅바닥에 떨어뜨릴 것 같거든요!

"아니, 아니, 잠깐, 그런 게 아니라!"

상황을 파악한 나는 오해를 풀기 위해 급히 두 손을 휘저으며 말했다.

"갑자기 임금님이라고 불리니까 잡생각이 들었을 뿐이니까 오해하지 마."

그렇다고 치이의 표정이 밝아질 기색은 없었기에 나는 살짝 화제를 돌리기로 했다.

"그리고 너희가 어떻게 평범한 요괴야? 전래 동화에서도 나오는 이름 있는……."

페이가 내 말을 잘랐다.

"치이가 농담하지 말라고 했어."

목소리로.

"제대로 대답해 줘."

나는 표정을 굳히고 정색한 페이와 소꿉친구에게 의지하고 있는 치이에게 말했다.

"……요괴의 왕으로서는, 몰라."

내 생각을 숨기지 않고서.

"요괴들 중에서도 아직 힘이 약한 너희들이 다른 평범한 요괴들의 대변자 역할을 해 줄 수 있을 거라 생각하고, 기대하고 있다……. 그렇게 너희들을 안심시켜 주기 위해 말할 수도 있지만, 사실 난 잘 모르겠어. 애초에 지금처럼 공과 사를 구분하려고 마음먹고 뭔가를 해 보는 것도 처음이니까."

나는 고개를 끄덕인 치이와 페이에게 말했다.

"그렇다고 정말 공과 사를 구분하고 행동했냐면, 그것도 아니야. 너희들이 보기에 이번 일을 내 독단으로 진행한 것처럼 보일 테지만, 그 답을 찾는 데는 너희들의 영향도 컸거든."

나는 과열되어 가는 머리를 식히기 위해 일부러 크게 한숨을 내쉬고서 말을 이었다.

"그게 요괴의 왕으로서 도움이 되는 일인지는 나도 잘 모르겠어. 내가 공부를 못하긴 했지만, 외척에 휘둘려서 악정을 펼친 군주에 대한 이야기는 들어 본 적 있거든."

그것도 미인에게 푹 빠져서 말이죠.

그런 의미에서 나는 정말 위험한 환경 아닐까.

"하지만 그런 것들과 상관없이 내 진심을 말하자면."

나는 갑자기 간지러워진 뺨을 긁으며 치이와 페이의 시선을 피해 천장을 바라보면서 말했다.

"너희들이 나한테 도움이 안 된다니, 그런 섭섭한 말은 하지 말아 줘. 만약에 너희들이 나한테 실망해서 집 나간다고 하면 펑펑 울 자신이 있다."

그것이 치이와 페이에게 답이 된 것 같았다.

어색한 침묵이 주변을 맴돌았으니까.

"섭섭한 일을 먼저 한 게 누군데, 이 실망아."

열기가 느껴지는 아야의 목소리에 바로 깨졌지만.

아야는 지금 당장이라도 불덩이가 튀어나와도 이상할 것 없이 붉어진 꼬리와 귀를 꼿꼿이 세우고서 내게 말했다.

"우리 속 깊으신 대왕님께서 무슨 생각을 하고 있는지는 자알~ 알겠어. 하지만 그걸 먼저 말해 주지 않은 건 대체 왜 그런 거야, 이 허언증 환자야?"

아픈 곳이 너무 많구나!

"그, 그건 일정이 너무 급하게 잡히는 바람에……."

"기자 회견하기 전에 전화해도 되는 거잖아, 이 거짓말쟁이야. 그렇다고 전화를 받았던 것도 아니고."

"……."

차마.

차마 내 입으로 잠깐 눈 좀 붙였더니 서울이었다고는 할 수 없었다.

"그건, 아야야."

그런 나를 대신해서 나래가 대답해 줬다.

"전화로도 말했지만, 성훈이가 서울에 올라가는 동안 계속 잠만 자서……."

"캬앙! 그런 눈에 빤히 보이는 거짓말을 믿을 것 같아?!"

그런데 그것이 실제로 일어났습니다.

"거기다 언니도 다를 거 하나도 없어, 이 얌체!"

"야, 얌체……."

지원 사격에 나섰다가 도탄을 맞은 나래가 몸을 움찔 떠는 게 느껴졌다.

"자기는 쏙 빠졌다고 지금 그런 거지? 쿵! 얌전한 곰탱이가 벌꿀 먼저 먹는다고!"

아야는 정말 제대로 화가 났는지 목에 단 목걸이를 벗어 어른으로 변하고서는 나를 똑바로 노려보며 말했다.

"솔직히 말해, 이 기만아. 우리를 믿지 못해서 말 안 했다고."

"……왜 이야기가 그렇게 되냐."

"캬아아앙!"

아야의 꼬리에서 솟구친 뜨거운 불길이 천장을 새까맣게 태워 버렸다!

"그걸 몰라서 물어?! 결국 이번 일은 우리가 네 생각을 이해 못 할 거라고 생각해서 지 멋대로 한 거잖아! 말 한마디 안 하고! 네가 무슨 말을 해도 우리가 계속 반대할 거라고 맘대로 단정 짓고! 내 말이 틀려, 이 나가 죽…….""

"진정하시지요, 아야 님."

손짓 한 번으로 불길을 거두고 천장을 원상 복귀를 시킨 세희가 말했다.

"주인님께서 그런 분이 아니시라는 것은 아야 님께서도 이미 아시지 않습니까? 감정이 격해져서 마음에도 없는 말씀을 하셨다가 주인님께서 내일 당장 돌아가시기라도 한다면 그 후환과 후회를 어떻게 감당하시려고 그러십니까?"

……아니, 그러니까 왜 이야기가 그렇게 되냐고.

예시는 또 왜 그렇고.

"……크응."

그리고 그게 왜 효과가 있냐고요!

아니, 아니다.

아야니까 그럴 수 있다.

"그만해, 강세희. 그리고 너, 말이 너무 심했다."

그래서 나는 세희에게 한 번 경고를 준 뒤, 풀이 죽어서 방 바닥만 바라보고 있는 아야에게 말했다.

"아야야."

"……됐어. 나도 아빠 생각 모르는 것도 아닌데, 그냥 짜증이 나서 그랬던 거니까. 미안해, 아빠. 내가 말이 너무 심했……."

"아야야."

"……."

"아야가 사과할 거 없어. 이건 아빠가 잘못한 거니까. 아야 말대로, 내가 조금만 더 신경 썼다면 먼저 이야기해 줄 수 있는 일이었으니까. 아빠를 믿어 달라고 한마디만 했어도 우리 똑똑한 아야가 이해를 못 할 리가 없잖아? 안 그래?"

아야가 조심스럽게, 하지만 확연히 고개를 끄덕였다. 아야 의 머리 위에 남몰래 떠 있는 [우리는 멍청해서 이해 못 한다 는 거임?]이라는 페이의 글과, 그걸 황급히 휘젓고 있는 치이 는 못 본 거로 하자.

"그런데 아빠가 정신이 없어서 거기까지는 생각을 못 했어. 아야도 알고 있겠지만, 내가 그렇게 머리가 좋지는 않잖아? 평소에는 주의가 산만한 주제에 어쩌다 한 가지 일에 집중하면 주위가 보이지 않는 바보라는 거."

"크응……."

아야가 입술을 삐죽 내밀며 고개를 끄덕인 것도 잠시.

"그러니까 이번 일은 용서해 주지 않을래? 아빠가 너희들을 믿지 못할 리가 없잖아? 안 그래?"

어제 있었던 일을 떠올린 걸까.

이내 팔짱을 끼고, 아이였을 때와는 달리 상당히 풍만해진 가슴을 위로 들어 올리면서 고개를 옆으로 돌려 콧소리를 내며 투덜거리듯 말했다.

"쿵! 아빠가 멍청한 건 처음 봤을 때부터 알고 있었으니까 이번에는 용서해 줄게."

그러면서도 슬쩍 곁눈질로 내 눈치를 살펴보며 말을 이었다.

"하지만 이번 한 번뿐이야, 이 덤벙아?"

"응."

아야가 다시 목걸이를 차는 것을 두 눈으로 보자 가슴 깊은 곳에서 안도의 한숨이 나오려고 했다.

하지만 지금 그럴 때가 아니라는 걸 알고 있는 나는 풀어지려는 긴장을 다시 꽉 조였다.

"그래, 부엌 정리는 끝난 것이느냐."

냥이가 할 말이 가득 있음에도 지금까지 기다려 주었다는 걸 알고 있었으니까.

"아, 고맙다."

"밑 준비를 모두 해 놓지 않고서 냄비에 물부터 올린 새댁 같은 네놈에게는 필요한 일이었느니라."

그러면 프로 주부가 아닌 이상 상당히 어수선한 분위기 속에서 요리를 하게 되죠.

실수도 잦아지고.

"미안하다. 내가 눈앞에 있는 문제를 무시할 수 있는 성격이 아니라서."

냥이의 꼬리가 살랑거렸다. 아무래도 자신의 예시를 이해한 게 마음에 드는 눈치다.

그렇다고 냥이가 사정을 봐줄 성격은 아니지만.

"그래, 내 20인분 전기밥솥 같은 넓은 아량을 베풀어, 네놈이 아무 근거 없는 자신감에 빠져 충동적으로 독단적인 결정을 내린 것은 아니라 생각해 주겠느니라."

그래도 아까보다는 조금 목소리가 온화해졌다.

"허나."

잠깐이었지만.

"네놈의 그 어설픈 계획에는 몇 가지 문제가 있느니라."

……뭐, 내가 하는 일이 다 그렇지 않겠어?

내가 머리가 좋은 것도 아니고, 하룻밤 사이에 열심히 계획을 세워 봤자 생각하지도 못 한 맹점이 있을 수밖에 없지.

하지만 다른 이도 아닌 세희가 내 계획을 반대하지 않았다.

내 계획에 빈틈이 있을지언정, 그걸 메우지 못하지는 않을 정도라는 이야기지.

"그렇기에 너에게 묻겠느니라."

냥이가 말했다.

"네놈이 말한 것처럼 나는 거의 모든 대요괴들을 알고 있다고 했지, 전부라고는 하지 않았느니라. 또한, 나는 내 부탁을 들어준 것이 반, 지켜보기로 한 것이 반이었다고 하였다. 그중 내가 모르는 놈들과 후자의 녀석들이 네가 내린 어명을 듣고 무슨 생각을 할지, 어떤 행동을 나설지는 변수가 너무나도 많아 나조차도 모두 다 예측할 수 없느니라. 그 녀석들 중에 성난 황소 같은 녀석들이 한둘이 아닌 탓도 있고, 그 웃기지도 않는 **전요협이라는 놈들 자체에 불만을 가진 것도** 있기 때문이니라. 그렇기에 묻겠느니라. 그들이 네 예측을 벗어나 바로 오늘, 혹은 내일이라도 당장 네놈에게 도전장을 던진다면 그에 대한 대책은 있느냐."

냥이가 잠시 숨을 돌린 뒤 말했다.

"가령 네 뜻대로 일이 진행되었다 치자. 대요괴들이 한동안 반기를 드러내지 않는 상황 속에서 네놈이 '평범한 요괴'를 상대로 승리하였을 경우를 생각해 보자 이 말이니라. 요괴의 왕으로서 직접 어명을 내린 바, 너는 그들을 무사히 돌려보낼 수밖에 없을 것이니라. 아니, 내 동생을 봐서라도 그럴 수밖에 없겠지. 그러면 또 다른 평범한 요괴들이 네놈을 찾아올 것이다. 서로 다른 꿍꿍이를 가지고서 말이니라. 너는 그런 나날이 계속될 경우에 어찌 대처할 것이느냐."

그렇게 말한 냥이는 이내 깊은 한숨과 짙은 담배 연기를 내뿜고서는 고개를 가로저었다.

"아니, 내가 실수하였구나. 그래, 가뜩이나 머리가 복잡한데 네놈의 어리석은 행보에 분통이 터진 나머지 화풀이나 다름없는 의미 없는 짓을 해 버렸느니라. 어차피 이런 가정, 아니, 과정 따위는 결국 아무 소용없는 것을."

자책하듯 허탈하게 웃은 냥이가 표정을 굳히고서 내게 말했다.

"일이 어찌 흘러가게 되건! 결국 네놈은 너를 적대하는 대요괴 앞에서 네 말에 담긴 진정성을 스스로 증명해야 할 것이니라. 그 누구의 도움도 없이. 그렇지 아니한다면 그 어떤 요괴가 자신의 왕 앞에 고개를 숙이겠느냐."

냥이는.

"그러하기에 나 역시 한 명의 요괴로서 내 임금님에게 묻겠느니라."

아니, 검은 호랑이는 사냥감을 앞에 두고 낮게 으르렁거렸다.

"전하께서는 도대체 무슨 방법으로 저를, 아니, 저희들을 상대할 생각이십니까?"

목소리와 달리 냥이의 몸에서 뿜어져 나오는 기세가 흉흉하기 그지없다!

"키히이잉!"

"꺄우우우!"

[!!!]

아야가 재빨리 목걸이를 풀어 다시금 어른으로 변해 치이와 페이를 두 팔로 끌어안고서 구석으로 피했고.

"냥이 언니 많이많이 무리하는 것 같아, 엄마. 말려 줘. 응?"

"걱정할 것 없어요, 성린. 냥이 언니는 괜찮을 테니까요. 그래도 잠깐 바람 좀 쐬고 올까요?"

성의 누나는 자신의 품에 안겨서 가슴에 얼굴을 묻은 성린과 함께 안방을 나갔다.

"진정해, 이 바보야!"

나래는 급히 일어나 웅녀의 뼈 몽둥이를 꺼내 바닥에 박아 그 여파를 견뎠고.

"검둥아! 그만하거라! 그러다 몸 상하느니라!"

지금까지 조용히 있던 랑이는 기운을 숨기지 않고 내뿜고 있는 자신의 언니를 진정시키기 위해 팔로 냥이의 어깨를 감싸 안으며 노력하고 있지만 역부족이었다.

그리고 나는 그 여름날에 보았던 세희가 불러낸 한복들의 보호를 받으며 검게 빛나고 있는 두 눈동자를 마주보았다.

정확히 말하면 흥미와 기대, 장난기와 우려, 그리고 그 모든 것들을 집어삼킬 듯한 분노가 복잡하게 섞인 검은색 눈동자를.

그렇기에 나는 내 앞을 가로막은 검은색 한복들을 옆으로 치워 버리고 당당히 냥이의 앞에 맨몸으로 나섰다.

목에 걸고 있는 랑이의 이빨 덕분인지, 아니면 내가 그동안 겪었던 일들 때문인지 모르겠지만.

냥이가 내뿜는 기운은 의외로 버틸 만했다.

계속 내 뒤통수를 눌러서 머리를 땅에 찍어 버리고 싶어 하는 냥이의 마음이 느껴지는 것 같았지만, 나도 그동안 허투루 살아온 건 아니거든?

"너희들을 상대할 방법?"

내가 고개를 빳빳하게 들고서 시선만 아래로 내리며 대답하자 냥이의 한쪽 입꼬리가 비틀렸다.

나는 그 모습을 보며 다시 방바닥에 자리 잡고 앉아서 입을 열었다.

"그건 지금부터 함께 고민해 봐야지."

"""""......"""""

갑자기 찾아온 적막 후.

냥이가 부적을 꺼내자 몸에서 뿜어져 나오던 기운이 일순간에 그 안으로 빨려 들어갔다.

왜일까요. 짖는 개는 물지 않는다는 속담이 떠오른 건.

나는 그 이유를 몸으로 체험하고 싶은 생각이 없기에 급히 말을 이었다.

"무, 물론 대략적인 방법은 생각해 두고 있다! 다만 세세한 부분은 잘 모르겠어서 너희들과 상담할 필요가 있는 거야!"

냥이가 손을 한 번 흔들어 부적의 가장자리에 살짝 붙은 불을 꺼트리며 말했다.

"그 대략적인 방법이 무엇인지 말해 보거라."

부적을 집어넣지 않은 게, 내가 여기서 발 한 번 삐끗하면 바로 던질 기세다.

"지금 당장."

나는 내 몸의 안전과 가슴에 손을 얹고 안도의 한숨을 내쉬고 있는 나래와 아이들을 위해서 말을 고르고 골라 입에 담았다.

"그건……."

그때.

−꼬르르르르륵!−

배에서 성대한 소리가 났다.

얼마나 우렁찬지 3일은 굶은 것 같은 소리가!

자연스럽게 가족들의 시선이 랑이에게 향했다.

"으, 으냐앗?"

그 시선이 마치, '아무리 배가 고파도 그렇지! 이런 분위기 속에서 밥 생각이 나?!'라고 묻는 것 같아 보인다.

그리고 시선을 독차지한 랑이는 당황해서는 얼굴을 붉히며 말했다.

"내, 내가 아니니라!"

세상 억울한 표정으로.

응, 맞아. 배에서 소리가 난 건 랑이가 아니다.

"아, 미안."

접니다.

"······."

오해를 받아 입술을 삐죽이고 있는 랑이와 허탈해서 "하!" 하고 한탄 같은 한숨을 내뱉는 냥이, 어이없어하는 치이와 페이, 그리고 분위기 파악을 못 하는 소꿉친구가 부끄러운지 이마를 짚으며 고개를 절레절레 흔드는 나래, 그리고 한복들을 곱게 접어 소매 속에 집어넣고 있는 세희를 번갈아 바라본 뒤, 나는 말했다.

"미안하다니까."

나는 헛기침을 통해 잠깐이지만 들뜬 공기를 가라앉히고서, 진중한 목소리로 말했다.

─꼬르르르르르르르르르륵!!─

또다시 성대한 소리가 방안을 가득 채웠지만.

가족들의 매서운 시선에 나는 격렬하게 고개를 흔들었다.

"흐, 흐냐아······."

동시에 랑이가 얼굴이 빨개져서 배를 붙잡으며 고개를 숙였다.

아무래도 안 되겠네.

나는 피식 웃고 허리를 뒤로 젖히며 두 손으로 바닥을 짚고 두 다리를 쭉 피고서 냥이에게 말했다.

"미안한데 더는 안 되겠다. 밥부터 먹으면 안 될까? 배고파서 죽을 것 같은데."

"네놈은 지금······."

냥이가 얼빠진 표정을 고치고서 입을 연 순간.

─꼬르르르르르르르르르르르르르륵!!─

−꼬르르르르르르르르르르르르륵!!−

자세가 변해서일까. 아니면 부부는 이런 것도 닮는 걸까.

내 배와 랑이의 배가 약속이라도 한 듯 동시에 울었고, 냥이는 손으로 두 눈을 가리며 고개를 뒤로 젖혔다.

"그래, 먹어라. 이 뱃속에 거지가 든 녀석들아. 내가 너희들을 데리고 도대체 무슨 말을 하겠느냐"

미안.

진짜 미안.

두 번째 이야기

"그래서 뭡니까."

일단 한 고비를 넘겼기 때문일까. 아니면 단순히 배가 무지하게 고팠기 때문일까.

식욕이 없어 보이는 냥이 대신, 속이 거북할 정도로 점심을 먹은 나를 세희가 불렀다.

자신의 방으로.

……5분만 시간을 주면 안 될까.

지금은 성의 누나한테 가서 배 좀 어루만져 달라고 해야 할 것 같은데 말이지. 누나 손은 약손이다~ 하면서 말이죠.

"……일단 이거부터 드시지요."

"아, 고마워."

내 몸 상태를 눈치챈 세희가 소매에서 꺼내 준 소화제를 마신 뒤.

내가 두둑히 먹은 밥을 소화시킬 시간도 없이 자신의 방으로 부른 이유를 세희에게 물어보았다.

"냥이 때문에 그러냐?"

고개를 끄덕인 세희가 말했다.

"그렇습니다. 이대로 방관하고만 있다가 주인님께서 냥이 님이 수긍할 만한 답변을 하지 못 하실 경우, 담장 주변에 친 결계가 부서질 것 같아서 말이죠."

"야, 아무리 냥이가 화가 나도 그…… 럴 수 있겠군."

조금 전에야 어느 정도 내 이야기를 들어 볼 생각에 화를 다스린 것 같지만…….

내가 벌인 일이 일인 만큼, 내 대답이 마음에 차지 않았을 경우에 그 녀석이 무슨 짓을 할지는 상상도 가지 않는다.

냥이는 랑이의 언니.

랑이가 진심으로 화를 냈던 발설지옥에서 무슨 일이 일어났는지 기억하고 있지?

"……아주 지긋지긋하게 언급하시는군요. 왜, 이 기회에 아예 노래로 만들지 그러십니까? 제목은 '위대하고 고귀하신 강성훈 대왕님이 발설지옥에서 어리석은 창귀를 구하셨도다!'가 좋겠군요."

"야, 내가 말한 것도 아니고, 그냥 생각만 했을 뿐인데 너무한 거 아니냐?"

내가 반박을 하든 말든 세희는 가슴팍에 손을 대고는 목소리를 가다듬고서 노래를 부르기 시작했다.

"아아~♬ 고귀하셔라~♬ 강성훈 대왕님~♬ 그분의 진실된 마음~♬ 하늘도 감동하셨네~♬"

즉흥곡일 텐데 음은 왜 그렇게 좋고 노래는 뭘 그리 잘 부르는 거야?! 천재는 천재라는 거냐!

아니, 지금 감탄할 때가 아니지!

"크흠, 크흠!"

민망하고 어색해서 이 정도로 끝내자는 뜻으로 연신 헛기침을 하고 있자니.

"시간이 촉박하니 한담은 여기까지만 하겠습니다."

뚝, 하고 노래를 도중에 끊은 세희가 말했다.

"다시 말씀드리지만, 이는 모두 주인님의 안전과 집안의 평화를 지키기 위함입니다. 그러니 한 치의 숨김없이 주인님의 계획을 말씀해 주셨으면 합니다."

내가 너한테 숨길 수 있는 게 뭐가 있겠냐.

나는 일부러 머리를 긁적이며 세희에게 말했다.

"그럴 거면 모두 모여 있을 때 하는 게 좋은 거 아니야?"

가뜩이나 내 독단이었던 기자 회견 때문에 아이들의 기분이 상한 상황에서 말이야.

"저도 그 점을 고려하여 자연스럽게 안방에 자리가 마련되는 분위기를 조성했습니다만, 그 선택이 불러일으킨 참사를 직접 겪고 나니 생각이 변하더군요."

나, 나에게는 아직 할 말이 있다!

"아니, 어쩔 수 없잖아. 그래도 애들이……."

"지금 이 순간에도 전 세계에 퍼트려 놓은 제 인형들이 요괴들의 움직임이 심상치 않다는 경고를 전해 오고 있습니다. 곰의 일족은 흥분한 요괴들을 진정시키기 위해 발바닥에 땀이 날 정도로 뛰어다니고 있고, 주인님의 부모님께서는 사태를 파악하고 인간 정부를 진정시키기 위해 쉴 새 없이 움직이고 계시는군요."

불효자는 웁니다.

"아시겠습니까? 전하의 어명은 주인님의 생각보다 세상에 더 큰 파장을 불러일으켰습니다."

그렇게 말씀하시면 제가 할 말이 없습죠.

무엇보다 가장 중요한 순간에 밥부터 먹자고 했던 놈으로서.

나는 어쩔 수 없이 고개를 끄덕이려다 문득 마음에 걸리는 게 하나 있어서 세희에게 물어보았다.

"근데 그렇게 바쁜 일이면 너한테 말할 필요가 있어? 넌 내가 공책에 쓴 거 다 읽었잖아."

내 타당한 의문에 세희는 망설임 없이 고개를 가로저었다.

"이 일에 한해서는 주인님께 직접 들을 필요가 있기에 드리는 말씀입니다."

"......"

시간도 없다면서 왜 그런 귀찮은 짓을 해야 하냐는 생각이 머릿속을 스쳐 지났지만, 말 그대로 순간이었다.

내게는 지금 이 자리가 세희가 준비한 시험장처럼 보였으니까.

오늘 새벽 내가 세운 계획이 오랜 시간 동안 심사숙고한 끝에 나온 결론인지, 아니면 단순히 기세에 휩쓸린 치기와 오기로 가득 찬 결론인지 평가하기 위한 시험장.

"알았어."

그래서 나는 안방에서 못 다한 말을 입에 담았다.

"결국 냥이가…… 아니, 너희들이 걱정하는 건 내가 어떻게 대요괴와 싸워 이길 거냐, 이거잖아."

이 전제가 해결되지 않을 경우, 내가 기자 회견에서 한 선언은 자살 희망자의 유서나 다름없어진다.

냥이가 말했듯이.

일이 어떻게 흘러가든 결국 나는 대요괴와 맞붙어 싸워 이겨야 한다. 그래야만 내가 그저 입만 산 멍청이가 아니라는 것을 보여 주고 요괴들의 불만과 억눌린 감정을 받아 줄 수 있는…….

그야말로 믿고 따를 수 있는 왕이라는 것을 증명할 수 있으니까.

하지만 지금의 나는 대요괴와 한판 벌이는 순간 피떡이 되거나, 실 끊어진 연이 되거나, 잘 구운 숯이 되거나, '한때 강성훈이었던 것'이 되겠지.

운이 좋아야 사람이었던 흔적이 남아 있는 시체라는 거다.

그렇기에 나는 내 뜻을 정할 때, 그 후의 일어날 일에 대한 대처 방법과 그 가능성까지 고려하고서 계획을 세워야만 했다.

그 결과, 꽤 괜찮은 결론이 나왔고 반강제적이긴 하지만 나래와 세희의 검토와 승낙까지 받게 되었지.

그 괜찮은 결론이 뭐냐고?

"뭐, 별수 있냐. 그 마음의 힘이라는 걸 어떻게든 기르고, 쓸 수 있는 법을 배워 봐야지."

제가 비빌 수 있는 언덕이 몇 개나 있겠습니까.

이런 정체불명의 힘에라도 기대를 해 봐야죠.

하지만 '어떻게든 되겠지~ 안 되면 랑이 찬스 쓰겠습니다!' 같은 가벼운 생각으로 결정한 건 아니다.

지금의 나는 마음의 힘이라는 게 어떤 것인지 대충 그 윤곽은 어렴풋이 짐작하고 있으니까.

아사달을 만나 영성이라는 것이 어떤 것인지 알게 된 다음에 말이죠.

또한, 평범한 인간이신······.

아니, 요술이나 선술을 배운 적 없고 순수한 인간의 몸으로도 가희를 발밑에 깔고 냥이를 제압한 어머니를 본 적이 있다.

나 또한 선술이나 요술도 모르면서 인간을 벗어난 움직임을 보인 적이 몇 번이나 있고.

충분히 승부를 걸어 볼 일이라는 거다.

시간만 있다면.

"그래서 난 시간을 버는 걸 전제로 계획을 세웠어."

냥이는 성격 급한 대요괴들이 먼저 쳐들어올 것을 걱정했지만 신중한 녀석들 또한 있다는 사실을 부정하지는 않았다.

즉, 그들은 내 예상대로 일의 진위를 살피기 위해 자기들이

56
나와 호랑이님 23

부리는 요괴들을 보낼 거라는 거지.

그러면 내가 왜 미쳤다고 대요괴하고 먼저 싸워?

평범하고 요괴들 중에서 가장 약한 녀석들만 골라서 싸우지.

그다음에는 약한 요괴들은 보기만 해도 몸을 덜덜 떨 만한 무시무시한 무기들을 이용해 손쉽게 승리를 갈취하면 되는 거다.

그러고 나서 결투 중에 부상을 입었다거나 사후 정리를 위해서라거나, 기타 등등의 이유를 대며 다음 승부를 최대한 뒤로 미루며 시간을 벌면 그만.

난 승부를 받아 준다고 했지, 기간 같은 건 정해 두지 않았다?

거기다 내 몸은 하나잖아?

내가 무슨 랑이나 세희가 곰의 일족 누님들을 상대할 때처럼 패싸움을 벌일 이유가 있어?

내가 대결 상대를 선택해도 이상할 게 없다는 거다.

이유야 만들면 되죠. 요괴의 왕은 가장 낮은 자의 목소리에도 귀를 기울인다. 이런 이유는 꽤 괜찮지 않아?

그게 싫으면 자기들끼리 토너먼트라도 벌여서 한 놈만 도전하라고 해.

"그리고 그렇게 번 시간 동안 마음의 힘을 **기르는 거야**."

그게 얼마나 걸릴지는 모른다.

그에 대한 답을 알고 있는 녀석이 입을 열었다.

"거기까지는 주인님의 공책에 적혀 있었습니다."

그렇게 말한 세희는 소매에서 내 공책을 꺼내서 펼치더니.

[대요괴를 이길 수 있는 방법은?→] 시간을 벌어서 마음의 힘을 기르고, 그걸 기반으로 뭐라도 한다.]라고 적힌 부분을 가리키며 말을 이었다.

"**저희가** 알고 싶은 것은, 그 마음의 힘을 **쓰는 법**을 어떻게 배우시고, 무슨 수로 실체가 있는 대요괴를 주인님의 발밑에 굴복시킬 것인가, 그에 대한 자세한⋯⋯."

일부러 멍한 얼굴로 입을 헤 벌린 나를 보며 '원숭이에게 사칙 연산을 기대하고 말지.'라고 작은 목소리로 중얼거린 세희가 말했다.

"아니, 대략적인 방법이라도 듣고 싶기 때문입니다."

아, 그렇다면 나도 할 말이 있다.

"그야 그건 너한테 배울 생각이었지."

세희의 표정이 미묘하게 변했다.

"⋯⋯저한테 말씀이십니까?"

"응."

"제가 워낙 사람처럼 보여서 깜빡하신 것 같습니다만, 저는 귀신입니다."

"그걸 내가 모르겠냐."

애초에 그 사실을 깜빡할 정도로 네가 사람 같은 것도 아니고.

나는 이유는 모르겠지만 살짝 화가 난 것처럼 보이는 세희에게 말했다.

"잘은 모르지만, 그 마음의 힘이라는 건 사람의 영성과 관계된 거잖아?"

나는 기억을 떠올리며 말을 이었다.

"그리고 너는 영성을 다루는 요술을 알고 있고."

그제야 과장되게 환한 미소를 지은 세희가 두 손을 맞대고 서 밝은 목소리로 말했다.

"아, 일이 그렇게 된 거였습니까! 주인님께서는 참으로 총명하게도 몇 달 전에 드렸던 말씀을 아직도 기억하고 계시는군요. 그런데 혹시 영성을 다루는 요술을 하늘이 금기로 정했다는 건 그 자기 좋은 것만 담아 두는 덜떨어진 생체 기억 장치에 남겨 두지 않으셨습니까?"

그렇게 비꼬지 마라. 당연히 그것도 기억하고 있으니까.

"내 말은, 영성을 다루는 요술이 아니라 마음의 힘을 단련하고 그 힘을 자유자재로 쓸 수 있는 방법을 가르쳐 달라는 거야."

"귀에 걸면 귀걸이, 코에 걸면 코걸이고, 제 목에는 목걸이가 걸리겠군요."

나는 손으로 목 주변을 몇 번 돌린 뒤 콱 졸라매는 손짓을 한 뒤, 혀를 내밀고 눈을 뒤집어 깐 세희에게 말했다.

"……설마 안 되는 거냐?"

"사실 그렇지만은 않습니다. 하늘이 무너져도 솟아날 구멍은 있다고 하지 않습니까?"

나는 예시로 든 속담에 담긴 불순한 의도를 느끼면서도 조용히 고개를 끄덕였다.

"주인님께서도 밤하늘 님께서 천부인을 맡기며 인간과 요괴의 문제를 해결해 달라고 하신 것을 기억하고 계실 것입니다."

그런 중요한 일을 하루 만에 잊어버릴 정도로 내 머리가 나쁜 건 아니니까.

"그리고 현재 덜떨어진 반인반선 나부랭이에 불과한 주인님께서 짧은 시일 안에 천부인을 다룰 수 있도록 만드는 방법이, 바로 마음을 다스리고 관조하며 담금질하는 것입니다. 즉, 주인님께서 마음의 힘을 사용하는 방법을 배우신다 해도 밤하늘 님께서는 스스로 하신 말씀이 있으니 크게 문제 삼지는 않으실 거란 뜻이지요."

나는 뭔가 이상하다는 느낌이 들었지만, 그게 뭔지 명확하게 말할 수 없었다. 머릿속이 간질간질하지만 단어가 떠오르지 않을 때의 기분이라고 할까?

하지만 세희는 그게 뭔지 깊이 생각할 시간을 주지 않았다.

"문제가 있다면, 주인님께서 말씀하신 것처럼 마음과 영성이 떼려야 뗄 수 없는 밀접한 관계를 가지고 있다는 점이겠지요. 즉, 영성을 다루는 요술과 주인님께서 마음의 힘을 쓰도록 도와 드리는 방법은 비록 줄기가 뻗는 방향은 다릅니다만, 그 뿌리만은 같은 곳에 내리고 있다는 뜻입니다."

"아."

머릿속에서 번개가 튀는 것 같은 기분이 들고 세희가 말하고 싶은 문제가 뭐였는지 비로소 알 수 있었다.

"그리고 저는 꽤나 큰 중범죄를 저질렀음에도 불구하고 주인님의 인맥과 혈연과 지연으로 집행 유예를 처분받은 입장이지요. **다른 이라면 몰라도** 제가 이번 일에 관계되어 주인님께 직접적으로 도움이 되는 말씀을 드리거나 행동에 나섰다가는, 이번에야말로 밤하늘 님의 손에 목이 떨어질 겁니다."

……아니, 뭐 꼭 그렇게 말할 것까지는 없잖아?

하늘이 금기로 정한 영성을 다루는 요술을 쓴 전적이 있는 네가, 마음의 힘을 단련하고 쓰는 방법을 가르쳐 줄 경우 문제가 생길 수 있다고 하면 되는 걸.

그래서 나는 세희에게 물어보았다.

"그러면 네가 아니라 다른 사람을……."

"없습니다."

"없어?"

"예, **이 세상에는** 단 한 명도 없습니다."

"……진짜?"

세희가 질긴 거머리를 보는 눈으로 나를 내려다보며 말했다.

"아사달 오라버니께서 당신의 영성을 불태워 저희를 구원하신 그날 이후, 인간은 자신의 내면에 직접 손을 대는 방식을 스스로 포기하게 되었습니다. 그것이 밤하늘 님의 심기를 불편하게 만드는 수준에서 끝나지 않는다는 사실을 깨달았기 때문이지요. 그렇기에 **오랜 시간 동안** 정신적인 수양을 쌓거나, **오랜** 고행을 통해 깨달음을 얻는 방식을 선택하게 되었고……."

특정 단어에 힘을 주어 혹시나 모를 희망을 짓밟아 버린 세희는 어째선지 모르겠지만 시선을 돌려 방문 쪽을 한 번 바라보더니 고개를 절레절레 흔들었다.

"그 후에 일어난 일들을 주인님께 말씀드려 봤자 뭘 하겠습니까. 지금 중요한 건, 그런 연유로 제가 아니라면 그 누구도 주인님의 바람을 이루어 줄 수 있는 이가 없다는 것이지요."

"……."

자, 잠깐.

이러면 안 되잖아? 나는 세희가 마음의 힘을 단련시켜 주고 쓰는 법을 가르쳐 줄 수 있다고 생각하고 일을 진행한 건데!

내 모든 계획이 시작도 못 하고 끝나 버렸다는 사실에, 너는 그걸 알면서 왜 나를 안 말렸냐고 세희에게 따지지도 못할 정도로 머리가 새하얗게 변했을 때.

따져 봐야 소용없을 것 같아서 포기한 거지만!

어쨌든, 세희가 다정한 목소리로 말했다.

"주인님께서 마음의 힘을 염두에 두신 것은 참으로 영민하신 판단이라고 생각합니다. 반인반선인 주인님께서 지금부터 수양을 쌓고 도를 닦아 선술을 쓸 수 있게 되시더라도 대요괴와 싸워 이길 수 있는 수준에 도달하는 것은, 안주인님께서 어둠의 힘에 각성하셔서 마왕으로 강림하시는 것보다 어려운 일이니까 말이죠."

……그건 꽤 어울릴 것 같다는 생각이 들면 이상한 거냐.

어째서인지 머릿속에 떠오르는 건 무시무시한 마왕이 아닌 귀여운 소악마지만.

아니, 지금 이런 망상이나 하고 있을 때가 아니지!

"이런 말은 하고 싶지 않았는데 말이다."

나는 손가락으로 애꿎은 무릎을 툭툭 두드리며 세희에게 말했다.

"밤하늘한테 이번만은 좀 예외로 해 달라고 빌어도 안 될까?"

내 진심 어린 목소리에 세희는 한 손으로 이마를 짚고는 천장을 바라보며 말했다.

"왜 꼭 그렇게 비굴한 방법밖에 생각 못 하시는 겁니까."

"내가 제일 잘하는 게 비굴한 표정으로 손을 비비면서 용서를 비는 거니까."

두 번째로 잘하는 건 엎드려 비는 거고.

세희는 두 손 모아 엎드려 용서를 비는 것을 세 번째로 잘하는 나를 한심하게 바라보며 말했다.

"……조금 전에 말씀드리지 않았습니까."

"뭘."

"오로지 저만이, 알고 있다고 말이죠."

그랬지.

"그리고, 주인님 또래분들은 잘 모르시는 격언이겠습니다만."

세희가 말했다.

"저는 단수가 아닙니다."

"……그게 무슨 말이야?"

칫, 이래서 요즘 것들은.

그렇게 고개를 돌리고 혀를 찬 세희가 말을 이었다.

"그걸 알려 드리기 전에."

세희가 방문을 가리켰다.

"날이 추우니 이만 들어오시지요."

아니, 손가락을 가리키는 것만으로 방문을 열었다.

이 추운 날에 갑자기 무슨 짓이냐고, 난방비를 허공에 날릴 생각이냐고 한마디 하려고 할 때.

"흥."

나는 방문 앞에 앉아 있는 냥이를 보고 할 말을 잃었다.

……뭐지, 이 녀석. 나하고 세희의 대화를 엿듣고 있었나?

아니, 그렇게 보기에는 세희의 태도도, 냥이의 자세도 이상했다. 세희는 이미 냥이가 문밖에 있다는 사실을 처음부터 알고 있었다는 눈치였으니까.

거기다 보통 방 안의 대화를 엿듣는다고 하면 문에 귀를 바짝 대는 모습을 생각할 텐데, 냥이는 양반다리로 문 앞에 앉아 있을 뿐이었거든.

조금 다른 게 있다면, 바닥에 두터운 방석을 깔고 앉은 채 랑이를 품에 꽉 끌어안고 있다는 것 정도일까.

"……거, 검둥아. 이제 그만 놓아주어라. 답답하느니라."

얼마나 달라붙어 있는지 우리 집에서 스킨십을 좋아하기로 둘째가라면 서러운 랑이가 살짝 얼굴을 찌푸릴 정도로 말이지.

"가만히 있거라, 흰둥아. 너는 언니가 감기라도 걸리는 꼴을 보고 싶은 것이느냐."

"……그런 일은 절대 없을 것 같은데 말이니라."

나도 랑이의 말에 동감한다.

랑이를 휴대용 난로 대용으로 쓰고 있지만, 진짜 난로를 안 가지고 온 것도 아니니까. 냥이의 정면을 제외한 주변에는 이동용 석유난로가 뜨거운 열기를 내뿜고 있었다. 거기다 두터운 이불까지 뒤집어쓰고 있어서…….

뭐라고 할까.

안 덥나? 아무리 한겨울이라도 저 정도면 땀이 날 것 같은데?

문제는 냥이가 그런 과한 방한 대책에도 불구하고 몸을 덜덜 떨고 있다는 거다. 남극 한복판에 방한복 하나만 달랑 입고 있는 사람처럼.

이상하네. 나를 마중 나왔을 때는 괜찮아 보였는데 말이죠.

의문스러운 이 상황 속에서 단 한 가지 확실한 것은, 우리 허약하신 처형에게 보약 한 첩 지어 드려야 할 것 같다는 거다.

냥이가 걱정되어 갑자기 눈시울이 뜨거워져서 할 말을 잃은 나 대신, 말문을 연 건 세희였다.

"밖에서 계속 사시나무 떨 듯이 계시지 마시고 안으로 드시지요, 냥이 님."

"내, 내가 이리 된 게 누구 때문이라 생각하느냐, 누구 때문에!"

매서운 냥이의 시선과 책임을 피하는 세희의 눈동자가 나를 향했다.

……왜?

"네놈은 뭘 모른 척을 하고 있느냐!"

나는 잠깐 기억의 궁전을 뒤져 보았고, 그 즉시 내가 어떠한 암기법도 배운 적이 없다는 사실을 떠올릴 수 있었다.

그러는 사이에 냥이는 랑이를 꽈아아아악 끌어안은 덕분에
엉기적엉기적거리며 방안에 들어와서는 방문을 굳게 닫았고.

"흐냐아……."

방에 들어와서야 냥이에게서 벗어난 랑이가 방바닥에 엎드
려 누우며 숨을 내뱉었다.

많이 힘들었나 보다.

나는 자리에 앉은 채로 몸을 틀어서 랑이에게 손짓을 했고,
내 뜻을 이해한 사랑스러운 새끼 호랑이는 네 발로 엉금엉금
기어와 내 허벅지를 베개 삼아서 방바닥에 대자로 드러누웠다.

나는 피곤에 지친 랑이의 머리를 쓰다듬어 조금 전에 있었
던 마음의 충격을 치유하며 아까보다 두 배는 더 눈에 힘을
주고 있는 냥이에게 말했다.

"진짜 모르겠는데, 무슨 일 있었어?"

냥이는 억울해서 각혈이라도 하면 정말 잘 어울릴 것 같은
표정을 지으며 소리 높여 말했다.

"네놈은 알 것 없느니라!"

다른 말로 하면 알아서 생각해 보라는 거지.

자, 그럼 생각해 보자.

집에 왔을 때는 냥이의 상태가 괜찮다 못해 사람 하나 잡을
정도로 활기차 보였으니까, 안방에서 있었던 일 때문에 몸이
상했다는 말이 되는데.

그사이에 뭔가 몸 상태가 나빠질 만한 일이라고는 하나밖
에 없다.

"······안방에서 힘써서 그러냐?"

"······."

냥이는 입술을 굳게 다무는 것으로 대답을 대신했다.

······진짜냐.

왜, 있잖아. 이 녀석이 안방에서 거센 기운을 내뿜었던 거. 지금 냥이의 몸 상태가 안 좋아진 건 아마도 그에 대한 반동 때문이라는 거다.

세상에.

냥이가 내뿜은 기운이 약하지는 않았지만 버틸 수 있는 정도였다. 그런데 그 정도의 일 때문에 몸 상태가 나빠지다니.

설마 냥이는 몸이 엄청나게 약한 건가?

그렇게 생각해 보니······.

"안방에 대한 이야기가 나왔으니."

세희가 단칼에 내 상념을 끊어 버리고서 김이 나는 따듯한 차를 냥이에게 대접하며 말을 이었다.

"주인님의 왕성한 식욕 덕분에 못 다한 이야기를 끝마치는 것이 좋겠지요."

지금은 딴생각이나 하고 있을 때가 아니라는 거지.

그래서 나는 손을 내려 랑이의 말랑말랑한 볼을 만지작거리며 세희와 냥이에게 신경을 집중했다.

"냥이 님께서는 주인님의 계획을 어찌 생각하십니까?"

냥이는 따듯한 찻잔을 두 손으로 꼭 쥔 채 세희에게 대답했다.

"……못난 주인을 두어서 고생하는 네놈의 꼴을 보니 속이 다 시원하구나."

자칫하면 동문서답으로 들리는 대답을.

"추운 곳에서 고생하신 것은 냥이 님이시지 않습니까."

"저 어수선한 놈이 공과 사만 제대로 구분할 수 있는 놈이었다면 이런 일은 없었을 것이니라."

"그건 저로서도 어쩔 수 없는 일입니다."

"흥!"

나는 세희와 냥이의 힐난을 가볍게 받아 넘겼다.

우리 천사 같은 랑이를 내 품에 반쯤 눕힌 채로 손가락 장난을 치고 있는데 그 정도로 내 마음에 흠집 하나 나겠냐.

"성훈아, 지금 이러면 안 되는 것 아니느냐? 세희하고 검둥이가 중요한 이야기를 하고 있는 것 같은데 말이니라."

나는 내 손가락을 잡는 데 성공한 랑이의 손등에 살짝 입을 맞추고서는 고개를 끄덕였다.

"그렇긴 해."

나는 얼굴을 붉힌 랑이의 머리를 쓰다듬은 뒤.

뭔가에 질린 듯한 표정을 짓고 있는 세희와 냥이에게 말했다.

"갑자기 자리를 옮겨서 이것저것 물어본다 했더니, 이것 때문이었냐?"

아무리 나라고 해도 눈치가 아주 없는 건 아니다.

……아니, 눈치는 있는데 생각이 없는 거지만.

어쨌든, 세희가 소화시킬 시간도 주지 않고 나를 방에 부른 건 단순히 냥이의 과민 반응을 우려해서가 아니었다는 말이다.

"그렇습니다."

세희가 말했고 냥이가 답했다.

"네놈은 어떤 때에도 주변에 쓸데없는 신경을 쓰니까 말이니라."

냥이의 말에 몸에 살짝 힘이 들어갈 뻔했지만, 나는 초인적인 인내심을 발휘해야만 했다.

지금 랑이의 귀를 만지고 있거든요.

"시비 거냐?"

그렇다고 입에서 나오는 소리조차 고우라는 법은 없지.

"그렇다면 일의 경중을 모른다고 하겠느니라."

아, 그러면 괜찮다.

"가족들의 일이 중요하고, 다른 일은 가볍다는 의미로······ 같은 생각이나 하고 계시겠지요."

나는 내 생각을 그대로 입 밖에 낸 세희를 한 번 노려보······ 려다가, 진지한 표정을 짓고 있는 것을 보고 말을 삼켰다.

그건 정답이었다.

"하지만 어쩔 수 없었습니다, 주인님. 다시 말씀드리지만 이번 일은 시간을 다투는 일이었고, 주인님께서 당신의 이야기에 집중하는 데 이보다 좋은 환경은 없었으니까 말이죠."

왜일까.

세희의 말이, '네놈이 워낙 주의력이 없는 놈이라 다른 사람이 말 한마디만 꺼내면 다른 쪽으로 빠지고, 다른 아이들이 입술이라도 삐죽이면 거기에 정신이 팔려서 오지랖을 부리는 정신병자라 따로 자리를 마련해서 이야기를 듣는 게 가장 좋은 방법이었다.'라고 들리는 건.

어디까지나 제 생각입니다만, 왠지 세희라면 그렇게 말할 것 같습니다.

"참고로 냥이 님께서 편찮으신 와중에도 밖에서 기다리고 계셨던 것은, 조금이라도 주인님께서 긴장하실 만한 일을 덜어 드리기 위함이었습니다."

냥이의 꼬리가 살랑거린 걸 보니 뭔가 하고 싶은 말이 있는 것 같지만, 그와 달리 입술은 열릴 생각은 하지 않았다.

……뭐, 그런 배려는 감사히 받도록 하자.

사실 냥이보다는 세희가 대하기 편하니까.

그동안 무슨 일만 생기면 세희에게 깨지고 박살 나고 처참하게 깔아뭉개져서 말이죠!

난 이제 이 녀석 앞에서는 광대 분장을 하고 알몸으로 수영용 튜브를 허리에 끼고 춤을 추며 중요 부위를 덜렁덜렁거려도 부끄럽지 않을 것 같아! 그보다 더 못난 꼴을 몇 번이나 보였으니까!

"……."

나는 세희의 무표정 위에 용이 솟아오르는 듯한 눈썹이 그려지는 것을 보고 급히 생각을 돌리며 말했다.

"그래서 넌 어떻게 생각해?"

냥이에게.

이제야 조금 미지근해진 차를 한번에 들이킨 뒤, 냥이가 말했다.

"할 수 있겠느냐."

가장 핵심이 되는 질문을.

그래, 중요한 건 그거지.

세희에게 마음의 힘에 대해 배우지 못하게 되었다는 건, 그것과 비교하면 그리 중한 일이 아니다.

……애초에, 랑이 덕분에 심적 충격에서 벗어난 지금 세희의 태도를 돌이켜 보면 **정말 배울 수 없는 게 맞는지 의문스럽기도 하고.**

딱 봐도 뭔가 다른 방법이 있다는 식으로 티를 냈단 말이죠.

하지만 그런 것들보다 중요한 건.

어찌 되었건 결국 내가 마음의 힘을 길러 대요괴와 맞서 싸워 이길 자신이 있냐는 거다.

아니, 이길 수 있을 거라는 확신이 있냐고 하는 게 맞겠지.

그렇기에 나는 내면을 꿰뚫어 보는 냥이의 눈동자를 마주 보며 이미 정해 둔 내 대답을 말했다.

아니, 말하려고 했다.

"할 수 있는 게 당연하지 않느냐?"

하지만 내 생각과 조금 다른 대답이 나무늘보처럼 늘어져 있는 랑이에게서 먼저 나왔다.

하지만 입에서 나온 목소리는 자세와 같은 느긋함과는 거리가 있었다.

"성훈이는 우리 요괴들에 대해 아무것도 모르던 때에도 이성을 잃고 있던 나를 막아 낸 사람이니라."

반년밖에 안 된 일이지만, 이젠 내 입으로 말하면 생색낸다는 소리를 들어도 이상하지 않을 이야기가 나온 덕분에 내 얼굴이 살짝 붉어졌다.

그러거나 말거나, 랑이는 위엄찬 목소리로 냥이와 세희를 바라보며 말했다.

……바로 누워 고개만 돌려 말하기에는 자세가 불편한지 "흥냣!" 하고 귀여운 소리를 내며 몸을 돌리고.

"그 누구보다 강한, 대요괴 중의 대요괴인 이 호랑이의 주먹을 막아 낸 이가 내 낭군님이다, 이 말이니라. 그러니 그런 쓸데없는 걱정은 할 필요도 없느니라."

랑이의 머릿속에서는 멋지게 앞으로 나섰다가 꼴사납게 동굴 벽에 처박힌 내 처참한 몰골 같은 건 기억 속에서 지워진 지 오래인 것 같다.

"잠깐만, 랑이야."

하지만 나도 그 사실을 언급하고 싶지는 않았기에 다른 쪽으로 딴죽을 걸기로 했다.

"그건 내 힘만으로 한 게 아니었잖아. 그건 네가 정신을 잃은 상황에서도 나를 해치고 싶지 않아서……."

"아니니라."

드물게도, 랑이가 내 말을 잘랐다.

랑이는 자신의 황금빛 눈동자에 굳은 믿음과 그것을 뛰어

넘는 나에 대한 사랑을 가득 담아 나를 바라보며 말했다.

"그것은 네가 그렇게 생각하고 있던 것이니라."

강하게 말하는 랑이에게서 나는 대답할 말을 찾지 못하고 세희와 냥이에게 시선을 돌렸다.

"성훈아."

랑이가 누운 채로 두 손을 뻗어 내 두 볼을 잡아 자신을 바라보게 만드는 덕분에, 아주 잠깐이었지만.

"너에게 조금이라도 더 사랑받고 싶다는 내 욕심에 말하지 못한 사실을 지금 네게 고백하겠느니라. 그때 나는 아무것도 하지 않았느니라. 아니, 할 수 없었느니라. 잘못된 생각에 스스로의 삶을 포기하고 모든 것을 놓아 버린 내가 무엇을 할 수 있었겠냐? 네가 나를 막아설 수 있었던 건 오롯이 너의 믿음, 나에 대한 믿음과 나를 향한 너의 사랑이 너무나도 순수했기 때문이었느니라. 그렇기에 나는 너를 해치지 못하게 되었고, **네 목소리에 정신을 차릴 수 있었으며**, 너와 마주할 수 있었느니라."

나는 랑이를 마주보았다.

어린이는 어른의 거울이라는 말이 떠오르는 건 왜일까.

"가슴을 펴고 자랑스러워하거라."

랑이는 너무나 순수해 내 모습이 그대로 비쳐 보일 것 같은 황금빛 눈동자로 나를 바라보며 말했다.

"이는 온전히 네가 이룬 사랑이라는 이름의 기적일지니."

나는 반박할 수 없었다.

랑이의 확신에 가득 찬 목소리 앞에 옳고 그름이 무슨 의미가 있을까.

"너는 나를 구원해 주었을 때부터, 이 세상 그 누구보다 강한 마음을 가지고 있음을 증명하였느니라. 그런 네가 그 마음을 다루는 방법만 알게 된다면, 세상의 그 누구도 네 앞에 서 있지 못할 것이니라."

아무래도 의미가 있을 것 같네요.

이런 걸 눈에 콩깍지가 씌어 있다고 하는 거로구나.

랑이가 나를 믿어 주는 건 정말 고맙고, 지금까지 내가 잘못 살지 않았다는 확신을 주어 엄청 기쁜데…….

이건 거의 맹신 아닙니까? 이러다가 성훈교라도 만드는 거 아니야? 넌 어떻게 생각하냐? 응?

나는 이런 상황에서 가장 사태를 객관적으로 볼 수 있는 녀석에게 시선으로 물어보았고.

"역시 팝콘은 오리지널이 제일이지요."

3D 입체 안경을 쓰고서 팝콘을 씹고 있는 망할 놈을 볼 수 있었다.

옆에 있는 냥이는 강 건너 불구경하고 있는 세희와 달리 한기를 풀풀 날리며 나를 죽일 듯이 노려보고 있었지만.

대충, 자신의 귀하디귀한 딸을 임신시킨 뒤 결혼하겠다고 야밤에 쳐들어온 생판 처음 보는 껄렁하고 경박한 양아치 놈을 보는 아버지가 보일 법한 반응이군.

나는 시급을 다투는 일이라고 했으면서 논점과는 전혀 상관없는 쪽에 집중하고 있는 두 녀석에게 말했다.

"너희들도 그렇게 생각하냐?"

자기와는 상관없다는 듯 빨대로 콜라를 소리 내어 마시는 세희와 달리, 냥이는 자신의 감정을 다스리고 조금 전의 모습으로 되돌아와서는 말했다.

"그걸 왜 내게 묻는 것이느냐."

……그렇죠.

냥이의 맹신에 가까운 확신 때문에 살짝 당황했지만, 결국 이건 내가 답을 내야 하는 문제다.

세희가 딴청을 부린 것도 다 이유가 있었어.

"꺼억– 이 집 콜라 맛있군요."

그렇다고 입으로 트림 소리를 내는 녀석에게 화가 안 나는 건 아니지만!

나는 있는 힘껏 냉정을 되찾으며 지금껏 의심치 않고 내 대답을 기다리고 있는 냥이를 바라보며 말했다.

"정말 그렇게 생각해?"

아니, 다시 한번 물어보았다.

"응!"

냥이는 조금 전의 어른스러워 보이는 모습은 어디로 갔는지 천진난만한 아이 같은 목소리로 한 치의 의심도 없이 대답했다.

"그래."

그렇기에 나는 준비해 두었던 대답을 살짝 바꾸어 냥이에게 말했다.

"할 수 있다."

나는 할 수 있다.

조금 전까지만 해도 나는 냥이에게 어떻게든 해내겠다고, 열심히 노력하면 할 수 있을 거라고 말하려고 했지만.

지금 이 순간.

요술처럼, 랑이가 나를 변화시켰다.

나는 할 수 있다.

이건 하늘이 무너지더라도 변하지 않는 진리다.

"나를 믿는 너를 믿어, 입니까. 이것 참 가슴이 뜨거워지는 전개입니다만, 장르가 다른 것이 조금 안타깝군요."

이제는 등받이 의자까지 꺼내서 자기 방처럼 편하게 있는 세희는 못 본 거로 하자.

여기는 세희 방이니까요. 편하게 있을 수 있지.

암! 그럴 수 있지!

"그렇다면."

하지만 세희는 내가 살짝 언짢은 기세를 보이는 순간, 바로 자세를 바로 잡으며 진지한 목소리로 말했다.

"이제야 주인님의 뜻이 굳건해지셨으니, 특별 강사를 초빙해야 할 순간이로군요."

"흥! 이 정도까지 해야 겨우 사람다운 모습을 보여 주는 네 놈에게 역시 흰둥이는 과분하느니라."

……왜일까.

손뼉을 마주쳐도 이상하지 않을 것 같은 세희와 냥이의 모습을 보니 집에 도착한 뒤 있었던 모든 일들이 저 두 놈의 손바닥 위에 있었다는 느낌이 드는 건.

단순히 내 기분 탓이겠지?

그에 대해 묻고 싶은 마음은 굴뚝같지만, 지금은 참아야 한다는 게 참 슬프다.

세희가 그냥 듣고 넘길 수 없는 말을 했으니까.

"특별 강사?"

분명히 조금 전만 해도 **이 세상에 자기 말고는** 영성, 아니, 마음을 단련하는 법을 가르쳐 줄 수 있는 사람이 없다고 했는데 특별 강사라니, 말이 안······.

아니, 잠깐.

잠깐 기다려 봐.

그 다음에 세희가 뭐라고 했지?

자기는 단수가 아니라고 하지 않았나?

나는 단순한 농담이라고 생각한 데다가, 밖에 냥이가 있었다는 사실에 그냥 듣고 넘겼지만······.

그게 농담이 아니었다면?

왜, 난 이미 알고 있었잖아.

세희가 한 명이 아니라는 사실을!

"너, 너?!"

한동안 잊고 있었던 기억을 떠올리는 것과 동시에 입에서 경악에 찬 목소리가 튀어나왔다.

"으냐앗?!"

덕분에 내 다리를 베고서 안겨서 '세월아 네월아, 나는 성훈이를 믿으니까 아무 걱정이 없느니라~' 하고 만고강산이던 랑이가 깜짝 놀라고 말았다.

아이코, 미안.

나는 미안하다는 뜻으로 살짝 털이 곤두선 랑이의 귀밑을 살살 긁어 주며 세희에게 말했다.

"그게 가능한 일이었어?"

그렇다면 왜 아사달을 이쪽 세계로……

아니, 아니지. 단 하나의 중심 세계**였던** 이곳에서 벌어진 일이었기에 무슨 수를 써도 정해진 역사가 바뀌지 않았다는 이야기를 들은 적 있다.

그런 내 생각을 읽었는지, 세희의 무표정이 살짝 깨지며 씁쓸한 미소가 그 자리를 대신했다.

"신경 쓰실 것 없습니다."

단 한순간이었지만.

"주인님께 다른 사람에 대해 배려하는 마음씨는 바둑이의 잔꾀만큼이나 없다는 사실은 이미 알고 있었으니까요."

내가 잘못했으니까 입 다물자.

아니, 생각도 하지 말자.

"그런 주인님을 위해 간단히 설명을 드리자면, 첫째로 주인님께서 생각하신 대로 중심 세계인 이곳에 속해 있는 세계에서 아사달 오라버니를 모셔 온다 한들 그 운명에서 벗어날 수 없었기 때문입니다. 두 번째로, 물이 위에서 아래로 흐르는 것과 달리 아래에서 위로 흐르는 것은 자연스러운 일이 아니기 때문입니다. 예를 들어, 242,145번째 평행 세계였던 그곳은 주인님께서 계시는 이 중심 세계에 속해 있었습니다. 그렇기에 주인님께서 그곳으로 넘어가는 것은 그저 물길을 트는 정도의 힘만 들이면 되었지요. 하지만 그 반대로 242,145번째 평행 세계에 속한 분을 이쪽으로 모시는 것은 다릅니다. 그야말로 인간의 힘으로 역천(逆天)을 이루고자 하는 것과 다름없는 어리석은 일이었겠지요. 두 세계가 동등한 위치가 된 지금에는 별 관계없는 일입니다만. 그리고 세 번째로, 듣고 계십니까, 주인님?"

"어, 응."

"……"

"왜."

"조금 전부터 주인님께서 나는 아무런 생각이 없다. 왜냐하면 아무런 생각도 하지 않고 있다, 고 온몸으로 말씀하고 계시기 때문입니다. 덕분에 나중에 이때의 일을 글로 적을 때, 제가 설명을 좋아하는 성격처럼 보일 것 같으니 이제 그만 하시지요."

"어, 그럴까?"

세희의 표정이 그리 좋지 않았기에 나는 고개를 흔들어 다시 정신을 일깨웠다.

사실 나도 슬슬 한계였거든.

아무 생각도 하지 않고 세희의 이야기를 듣기만 하는 건 생각보다 힘든 일이었다.

그래서 나는 길고 긴 세희의 설명을 내가 알아들은 수준에서 간단하게 요약하기로 했다.

"그래서 가능하다는 거지?"

방이 꺼져라 깊은 한숨을 내뱉은 세희가 말했다.

"두 세계가 서로 동등한 관계가 되었기에, 가능하게 되었습니다."

그래.

세희를, 아니, 아세희를 다시 만나게 되는 거구나.

이런 식으로 재회하게 될 거라고는 생각도 하지 못했는데 말이야.

"이번에는 제가 당신을 찾아갈 테니까요."

마지막의 그 의젓한 모습을 생각해 보면 말이다.

"아, 그러고 보니 또 다른 저의 명예를 생각하여 말씀드리는 겁니다만."

그때, 세희가 별것 아니라는 투로 지나가듯 말했다.

"그쪽 세계의 저는 아직 어린 나이임에도 불구하고 타고난 천재성을 십분 발휘하여 지금까지 몇 번이나 이쪽 세계로 넘어올 시도를 해 왔습니다."

그냥 듣고 넘길 수 없는 소리를.

"……그런데?"

걱정에 찬 나와 달리 세희는 사악해 보이는 눈웃음을 지었고, 그 안에 담긴 뜻을 눈치채는 데 그리 오랜 시간이 걸리지 않았다.

"너, 설마?"

하지만 내 눈을 믿고 싶지 않아 되물어 본 내게, 세희는 황홀하게까지 느껴지는 미소를 지으며 두 팔로 자신의 몸을 끌어안고 부르르 떨며 황홀한 목소리로 말했다.

"정확한 시공 주소를 특정하고 올바른 술식을 사용했음에도 불구하고 그저 순수한 힘의 차이로 인해 뜻을 이룰 수 없어 부들부들 이를 가는 또 다른 저를 훔쳐보는 것은, 아아! 이보다 더한 진미는 세상에 없을 것입니다!"

네놈은 악마냐아아아!

그렇게 소리치고 싶었지만, 랑이가 어느새 내 옷자락을 꼬옥 잡고 두 눈을 감고 있다는 사실을 깨달은 나는 화를 가라앉히고 세희에게 말했다.

"······그럴 필요가 있었냐?"

"있었습니다."

"뭔데."

세희가 고개를 돌려 슬쩍 내 시선을 피하며 말했다.

"부끄럽게도 제 안에 미움다툼시기질투가 남아 있더군요."

······그렇게 말하면 나도 할 말이 없지.

세희가 아사달을 구하는 것을 꿈에서도 바랐던 것을 알고 있으니까. 그런 세희가 혈육을 잃는 아픔을 겪지 않은 아세희에게 심술을 부리고 싶었던 건, 어찌 보면 당연한 일이었을 거다.

아니, 오히려 세희가 이 정도의 심술에서 끝났다는 건 많이 자중한 거 아닐까.

나는 그리 생각하며 최대한 따뜻한 시선으로 세희를 바라보며 고개를 끄덕였다.

"……그러시니 주인님께서 여심을 모른다는 겁니다."

세희는 차갑게 얼어붙은 무표정의 가면을 뒤집어쓰고 그렇게 말했지만.

"으, 응?"

내가 살짝 당황하고 있을 때.

"그보다."

냥이가 말했다.

"시시한 잡담이나 나눌 것이라면 이제 그만 흰둥이를 내게 넘기고 나가 보거라."

여기는 세희 방입니다만.

"알았다."

하지만 어느새 잠든 랑이를 냥이의 방이나 안방으로 옮겼다가는 그대로 깰 확률이 높지. 마침 점심 먹고 낮잠을 잘 시간이기도 하니 이대로 놔두는 게 좋을 것 같아서, 나는 냥이에게 손짓을 했다.

"……."

냥이가 인상을 쓰며 귀와 꼬리를 쫑긋 세웠지만, 그래서 뭐

어쩔 건데? 그럼 내가 잠들어 있는 랑이를 들고 그쪽으로 갈까? 랑이가 깰지도 모르는데?

그런 걸 모를 냥이가 아니기에 심통이 나서 꼬리털이 바짝 선 상태로도 내 쪽으로 와서 세상에 둘도 없는 보물을 양도받는 것처럼 조심조심 랑이의 머리를 들어 자신의 허벅지 위에 올려놓고 조심조심 내 다리를 붙잡고 있는 손가락을 풀었다.

신실한 신자 둘이 성물을 옮기는 듯한 작업이 끝난 뒤, 랑이를 바라보는 냥이의 눈빛은 성의 누나에 비견될 정도로 모성애가 넘쳤지만.

"이제 썩 꺼지거라."

먹음직스러운 음식 위에 앉으려고 하는 파리를 내쫓듯이 나를 향해 손을 젓는 모습을 보고 있자니 과연 동일 인물인지 의문이 들 정도였다.

하지만 세희가 먼저 자리에서 일어났기에 나는 군말 않고 방에서 나왔다.

방 주인이 나가는데 나만 앉아서 냥이하고 한판 벌이기는 조금 그렇잖아?

"이건 사족이라 할 수 있겠습니다만."

방에서 나오자마자 불어오는 싸늘한 바람에 옷깃을 여미고 있자니, 세희가 두 손을 공손히 모으고서 내게 말했다.

"주인님께서는 꽤나 어려운 길로 돌아가시는군요."

"뭐가?"

아니지.

말을 내뱉는 순간, 나는 세희가 무슨 말을 하는지 바로 알 수 있었다. 이번에 요괴들에게 선전 포고를 한 일을 말하는 것밖에 없을 테니까.

그래서 나는 추위를 참으며 삐딱하게 서서 세희에게 말했다.

"이제 와서 할 말이야? 너도 반대 안 했으면서."

세희가 정수리가 보일 정도로 과장되게 허리를 굽히며 말했다.

"미천한 제가 어찌 주인님의 큰 뜻을 거스를 수 있겠습니까."

세희는 참 예의 바르게 사람을 비꼬는 것도 잘한다니까? 그래서 나도 하하하, 웃은 뒤 다시 허리를 편 세희에게 말했다.

"그래서? 마음에 안 드는 게 뭔데?"

세희가 말했다.

"쉽게 돌아갈 수 있는 방법이 있음에도, 주인님께서 성난 황소처럼 정면 돌파를 선택하셔서 그렇습니다."

말하는 투를 봐서는 그 공략집을 언급하는 건 아닌 것 같고, 아무래도 내가 눈치채지 못한 힌트 같은 게 있었나 보네.

나는 분명 그게 무엇인지 알게 되면 후회할 거라고 생각했지만 그럼에도 호기심을 참을 수 없었다.

"내가 놓친 게 있었냐?"

"그렇습니다."

세희가 옅은 미소를 지으며 말을 이었다.

"하지만 이는 어쩔 수 없는 일이었습니다. 저 또한 전요협을 염두에 두고 몇 번이나 간언한 것은 아니었으니까 말이죠. 그저 밤하늘 님에 의해 가려져 있던 전요협의 수작이 세상에 드러났을 때 두 가지 일을 연관 지어 생각해 본 결과, 제가 슬쩍 흘렸던 조언이 우연찮게 지금의 사태를 해결하기 좋은 방법이라는 것을 알게 되었을 뿐이니까요."

전요협을 염두에 두지 않았다.

그러면서 은근슬쩍 내게 찔러 봤던 이야기.

그것도 여러 번.

이 녀석이 내게 몇 번이나 말했던 일이…….

"아."

있었지.

요괴의 왕으로서 첫 번째 정책을 결정하려고 했을 때부터, 세희가 지금까지 내게 몇 번이나 말해 왔었던 게.

"그렇습니다."

그 단어가 머릿속을 관통하는 것과 동시에 세희가 소매에서 검은색 목도리를 꺼내 자신의 목에 두르고서 말했다.

"자고로 소란은 소란으로 덮는 법. 전요협이 기자 회견을 열어 혼란을 일으켰을 때, 주인님과 안주인님의 결혼 소식을 세상에 알리고, 이를 통해 인간과 요괴의 화합이 그저 말뿐이 아니라는 것을 공포하시며 좀 더 나은 세상을 만들어 가겠다고 선포하셨다면 조금 더 편하게 돌아가실 수 있으셨겠지요."

……이 녀석이 하는 말이 틀릴 가능성은 거의 없지만, 그럼에도 마음속으로 수긍할 수 없었던 나는 그에 이견을 말할 수밖에 없었다.

"하, 하지만 그래선 요괴들의 마음에 앙금이 남는 건 어쩔 수 없잖아."

"무슨 말씀이십니까, 주인님."

세희가 진심으로 어리둥절한 표정을 지으며 말했다.

"지난 여름날, 주인님께서 직접 말씀하시지 않았습니까. 부부는 일심동체, 안주인님께서 명명백백히 왕비가 되어 주인님을 후려잡는 모습을 보이면 그들의 분노는 사라질 것이라고. 애초에 그들의 분노는 지금까지 인간들에게 억눌려 왔던 것에 기반을 두고 있으니까 말이죠. 자신들의 왕이자 인간인, 그렇기에 요괴들이 세상에서 가장 높은 자라 생각할 수 있는 인간인 주인님께서 자신과 같은 요괴이자 선왕이신 안주인님께 휘어잡힌 채, 자신들을 위한 정책이 펼쳐지는 것을 보고 있자면 그들의 마음속에 쌓인 앙금이 서서히 녹아 갈 것이 당연하지 않습니까?"

대리 만족이라는 형태로 말이죠.

세희는 그렇게 말하고서는 흐뭇한 미소를 지으며 말을 이었다.

"하지만 주인님께서는 그런 쉬운 길을 **무의식적으로 배제**하시고, 제가 마련한 공략집마저 마다하시며, 지난 오천 년 동안 현실에 순응한 요괴들에게 본성을 일깨우라고 일침하시는 동시에 스스로 당신의 백성들에게 진심으로 왕으로 섬김 받기를 원하시며 가시밭길을 걷기로 결심하셨습니다."

할 말을 잊고 그대로 굳어 버린 내게, 세희가 꾸벅 허리를 굽히며 말했다.

"그런 주인님의 큰 뜻과 넓은 그릇, 그리고 모든 요괴들의 심중까지 복속시키겠다는 큰 야망에 이 강세희, 진심으로 감복하지 않을 수 없었습니다."

마루 위에 홀로 서 있는 내게 그 어느 때보다 시린 바람이 불어왔다.

세 번째 이야기

"이야기는 모두 끝…… 오라버니?"

내 방으로 돌아가 울적한 마음을 잠시 달래려고 했지만 강제로 안방으로 끌려간 나를 반겨 주던 치이가 고개를 갸웃거렸다.

반가움에 파닥이던 귀 위 머리카락도 그대로 멈춰 버렸고.

[왜 갑자기 의문형…… 그럴 만했네!]

페이도 내 모습을 보고는 깜짝 놀라서 동감했고.

이해한다. 지금의 내 모습은 그럴 만하지.

불가 몇 분 만에 60년은 늙어 버린 것처럼 새하얗게 변해 버렸으니까.

나는 치이와 페이의 걱정 어린 시선을 느끼며 털썩, 소파에 온몸을 맡기고 주저앉았다.

나는…… 나는 도대체 무슨…….

물론, 세희가 말한 결혼을 수단으로 쓰는 방법이 마음에 드는 건 아니다. 아니, 오히려 싫다. 그래서 세희의 말대로 떠올리지 못했을지도 모르지. 떠올렸다 한들, 선택했을 가능성은 낮고. 거기다 세희는 결혼이 무슨 만병통치약이라는 것처럼 말했지만, 내 생각은 다르다.

결혼은 인륜지대사라고 불릴 정도로 중요한 일이고, 내 특수한 입장 때문에 여러 가지 문제를 불러일으킬 수도 있으니까.

아니, 틀림없이 일어났을 거다.

하지만 지금 이 상황보다는 낫지 않았을까?! 최소한 집안일로 끝났을 테니까!

먹지 못하는 떡이 크게 보인다고, 생각하면 할수록 점점 그 방법이 더 좋아 보이는데요?!

두 손으로 머리를 싸매고서 자신의 멍청함에 저주를 퍼붓고 있을 때.

"세희 언니, 오라버니는 왜 저렇게 된 건가요?"

"다시는 무를 수 없는 선택을 했는데, 알고 보니 그보다 쉬운 길이 있다는 것을 깨달으셨기 때문입니다."

"아, 아우우우."

그것만으로도 치이는 내 상태를 바로 이해한 것 같다. 하긴, 그렇겠지. 오늘 아침에 있었던 기자 회견과 점심을 먹자마자 세희와 따로 자리를 가진 나. 거기서 잿더미가 되어 돌아온 나를 보면 그 정도야 누구나 눈치챌 수 있었을 거다.

"그, 그래도 오라버니가 잘못된 선택을 한 건 아니라고 생각하는 거예요."

긍정적으로 상황을 받아들이며, 은근슬쩍 내게 힘을 돋워 주려는 치이의 목소리가 내 귀에 들려왔다.

"저도 틀린 선택이라는 말씀은 드리지 않았습니다. 그저, 그것보다 훨씬 쉽고 편하고 간단하면서 모두가 행복해지는 방법이 있다는 사실을 알려 드렸을 뿐이죠."

"그, 그런 건가요……."

세희의 목소리가 비수가 되어 다시 나를 찔렀지만!

그만해! 더 이상 나를 상처 주지 마! 이러다가는 성의 누나의 품에 안겨서 견우성으로 도망치자고 할지도 모른다고!

"쿵! 난 또 큰일이라도 난 줄 알았네."

잠깐 현실 도피를 하고 있을 때, 앉아 있는 소파의 한쪽이 움푹 들어가는 느낌과 동시에, 뭔가가 획 내 목을 두르더니 강제로 고개를 들게 만들었다. 푹신하고 부드러운 그것의 정체는 여우의 꼬리였고, 소파 위에 서 있는 건 심기가 불편해 보이시는 내 수양따님이셨다.

"그런 일 가지고 기죽지 마. 아빠가 지금까지 처음부터 뭐 제대로 한 일이 있었어?"

……위로지?

아야야, 지금 위로해 준 거지?

따뜻한 꼬리만큼이나 볼이 붉어져 있는 걸 보면 아야 나름대로의 위로인 것 같지만, 지금의 내 정신 상태가 그렇게 건

강하지 못한 상태라 말이지.

그런 내가 걱정되는지, 페이는 언젠가 지었던 상냥하고 따스한 미소를 지으며 글을 썼다.

[괜찮음. 힘들면 도망치면 돼.]

……그 말, 그렇게 쓰지 마라.

하지만 이 녀석들의 위로 아닌 위로에 나는 정신을 차릴 수 있었다.

그래, 좋게 생각하자. 아야 말대로 내가 처음부터 제대로 한 일이 얼마나 있고, 치이 말대로 잘못된 선택은 아니었던 데다가, 영 안 되면 페이의 글대로 도망치면 되는 거다.

무엇보다 그 방법 자체도 말처럼 쉬운 일도 아니고.

나래하고 랑이하고 성의 누나하고 합동결혼식 같은 걸 어떻게 열 건데?

"……."

그렇게 생각하고 있는 나를 쓰레기처럼 보고 있는 세희는 일단 넘어가고.

나는 내 목에 둘러진 여우 목도리(발열 기능 탑재)대신, 품 안에 안는 여우 난로를 하나 장만한 뒤.

"키히힝~."

기분이 좋아진 아야의 배…… 보다는 밑 가슴이 살짝 닿는 위치에 팔을 두르고서 세희에게 말했다.

"그런데 안방에는 왜 오자고 한 거냐."

시급을 다투는 일이라고 했으면서, 내가 좌절한 모습을 아이들에게 보여 주기 위해 안방으로 왔을 리가 없다.

무슨 이유가 있을 게 분명하고, 그런 내 예상은 틀리지 않았다. 세희가 치이와 페이를 바라보며 대답했으니까.

"치이 님과 페이 님께 부탁드리고 싶은 일이 있어서 그렇습니다."

그에 대한 치이와 페이의 반응이 극명하게 갈렸다.

"아우우우? 무슨 일인건가요?"

[여기서 일을 더 늘릴 생각임?!]

치이는 아무래도 나를 도와주는 일이라고 생각해서인지 귀위 머리카락을 파닥이며 두 손을 가슴께에 모으고서는 눈을 반짝였고.

페이는 울상이 되어서 손을 겹쳐서는 노트북을 꺼내 보란 듯이 화면을 이쪽으로 향하며 글을 썼다.

[난 봐주면 안 됨? 이 요괴 백정들, 성훈 때문에 혼란하니까 기회는 이때다 하고 동물 출산이나 생식기 짤 달리고 있음! 난 한계임!]

"""……."""

할 말을 잃은 나와 아야와 치이는 고개를 돌려 세희를 보았다. 세희는 그게 뭐가 어쨌냐는 듯 어깨를 으쓱거리며 말했다.

"동물이라니, 많이 나아졌군요."

"나아진 거냐! 동물이 나아진 거야?!"

참지 못하고 튀어나온 내 목소리에 세희는 뭘 그렇게 과민 반응을 하냐는 듯 평온한 표정을 짓고선 고개를 끄덕였다.

"냥이 님께서 관리하실 때와 비교하면 많이 나아진 것입니다. 그렇기에 폐이 님께 맡길 수 있었죠."

[차라리 야한 그림이 나음!! 그건 저장이라도 함!]

그것도 문제가 있다고 생각하는데.

나는 조만간 폐이를 대신해서 요괴넷을 관리할 만한 성인 요괴, 혹은 인간을 찾아봐야겠다고 생각하며 세희에게 말했다.

"그, 그건 그렇고."

[그건 그렇고로 넘어가는 거임?! 이런 걸 보고도 그렇게 넘어가는 거임?!]

폐이가 양 갈래 머리카락을 빙빙 돌리며 보란 듯이 노트북을 내게 들이밀었다.

그, 그러지 마! 보고 싶지 않다고! 나는 그렇게 아무런 편집도 안 된 적나라한 동물들의 야생을 보고 싶지 않아! 코끼리 아저씨에 대한 추억을 더럽히고 싶지 않다고!

"키야아앙!"

그리고 내 품에 아야가 안겨 있다는 것도 문제였다!

아야는 적나라한 현실을 받아들이지 못하고 있는 힘껏 노트북을 밀쳤고, 그 결과.

데굴데굴데굴.

아야의 힘을 이기지 못하고 폐이가 몇 번이나 뒤로 굴러서는 벽에 부딪히고 말았다.

거꾸로 박히는 상황에서도 노트북만은 온전히 지키면서.

"꺄우우우우?! 괜찮은 건가요?"

깜짝 놀란 치이가 달려가서 일으켜 세우려는 순간.

페이가 벌떡 일어나서 격한 글씨체로 글을 썼다.

[여우가 까마귀 잡네!!]

"캬아아앙! 네가 먼저 이상한 거 보여 줬잖아, 이 음란마귀야!"

[난 음란 까마귀임! 그리고 이런 게 뭐가 이상한 거임?! 이런 게 바로 순수한 자연! 더럽혀지지 않은 자연인 거임! 거기다 이런 건 성훈에게도 달려 있음!]

아니, 왜 가만히 있는 나한테 화살이 날아 오냐?!

"가만히 계시니까 그런 겁니다."

넌 됐고!

"아, 아빠 건 그, 그렇게 흉측하지 않아!"

그리고 아야야, 넌 왜 갑자기 몸을 살짝 앞으로 떼고서는 뒤를, 정확히 말하면 내 배 밑을 바라보며 말하는 거니.

[부러운 거임! 나도! 나도 성훈하고 자주 목욕하고 싶은 거임! 잘 있는지 확인해 봐야 함! 잘 크고 있는 지 확인해야 함!]

"잘 있으니까 신경 쓸 거 없어, 이 음란 까마귀야!"

"꺄우우우?! 다, 다들 갑자기 무슨 소리를 하는 건가요?!"

도둑놈처럼 두 손을 뻗는 페이와 내 앞에서 막아서는 아야, 그리고 얼굴이 새빨개진 채 그 둘을 번갈아 바라보며 외치는 치이.

하하핫, 이거야 원. 난장판이구만.

"그럼 여기까지 하도록 하겠습니다."

그리고 그 난장판은 세희의 박수 소리 한 번에 끝나 버렸다.

아이들은 아직 하고 싶은 말이 많은 것 같지만 세희의 태도가 워낙 얼음장처럼 차가워선지 아니면 평소 세희가 해 왔던 일이 있기 때문인지 조용히 입을 다물었다. 고개를 돌려 먼 산을 바라보는 치이와 조용히 노트북을 닫는 페이와 달리, 아야는 입술을 삐죽 내미는 거로 불만을 표출했지만.

"감사합니다."

하지만 세희는 그것만으로도 만족했는지 별말 없이 넘어갔다.

"치이 님, 그리고 페이 님. 지금 몸 상태는 어떠십니까?"

"저, 저는 괜찮은 거예요."

그렇게 대답하는 치이는 세희가 아닌 자기 옆에서 '인생 끝났다!' 같은 표정을 짓고 있는 페이를 보고 있었다.

세희의 시선도 자연히 페이 쪽으로 향했고, 둘의 시선을 받은 업무에 지친 요괴넷 관리자는 혼이 빠져 나간 표정으로 글을 썼다.

[건강한 몸에 안 건강한 정신임.]

"그렇다면 다행이군요."

세희의 말에 양 갈래 머리카락이 살짝 붕 뜬 페이가 연기로 난잡한 그림을 그리기 시작했다. 말 그대로 난잡한 그림을.

"꺄우우우우?!"

깜짝 놀란 치이가 급하게 손을 휘저어서 연기로 되돌렸지만, 그렇다고 이 방 안에서 그 그림을 못 본 사람은 없었다.

……그림을 잘 그리려면 관찰이 중요하다더니, 페이의 그림 실력이 많이 는 걸 보니 그 말이 맞는 것 같군.

아니, 이럴 때가 아니지.

나는 급히 고개를 돌려 세희를 보았다. 이 녀석이 자신에게 반항 아닌 반항을 한 페이에게 무슨 짓을 할지 모르니까.

하지만 내 예상과 달리, 세희는 오히려 인자하게 보이는 표정을 짓고 페이를 바라보고 있었다.

"꽤나 힘든 일을 부탁드리려는 입장에서 그 정도의 투정은 받아 드리겠습니다, 치이 님과 페이 님."

"아, 아우우우우? 저는 아무것도 안 한 건데요?"

얼떨결에 연대 책임을 지게 된 치이가 귀 위 머리카락을 파닥거리며 선처를 바랐지만, 세희는 딱 잘라 말했다.

"두 분이 합쳐 까막까치 아니겠습니까."

[오우!]

"오우가 아닌 거예요! 이런 식으로 묶이는 건 싫은 거예요!"

포기해라, 치이야. 포기하면 편하다. 세희가 이미 너희들에게 부탁할 게 있다고 한 시점에서 너희 둘은 운명 공동체가 되어 버렸다고.

"그래서 그 부탁이라는 게 뭔데, 이 답답아?"

그리고 거기서 살짝 벗어나 있는 아야가 심통 난 목소리로 말했다. 이러니저러니 해도, 서로 친해진 지 오래인데 자기만 쏙 빠졌다는 게 조금 마음에 들지 않는 눈치다.

"크, 크흥. 그렇게 힘든 일이면 쟤네들만으로는 좀 그렇잖아? 난 이래 봬도 대요괴라고. 귀찮지만 내가 좀 도와줄 수도 있어."

아니, 팔짱을 끼고서 보란 듯이 고개를 돌리는 걸 보면 치이와 페이만 고생하게 될까 걱정하는 걸지도.

어느 쪽이든 그것 참 가슴이 훈훈해지는 모습이다.

"죄송합니다만, 아야 님께서는 조금도 도움이 되지 않습니다."

세희는 신경 쓰지 않았지만.

"키, 키이잉……"

나는 바로 풀이 죽어서 고개를 숙인 아야에게 괜찮다는 뜻으로 머리를 쓰다듬어 주며 세희에게 말했다.

"그래서 뭔데?"

내 질문에 누구보다 세희가 부탁하려는 일에 관심이 많은 치이와 페이도 약속이라도 한 듯 동시에 고개를 끄덕였다.

세희가 말했다.

"제가 치이 님과 페이 님, 이 두 분에게만 부탁드릴 일이 뭐가 있겠습니까?"

……그러네?

집안일이라면 치이에게, 요괴넷과 관련된 거라면 페이에게 부탁하겠지만 둘에게 부탁할 만한 일이라면 한 가지밖에 떠오르지 않는다.

오작술.

"아우우우? 도대체 얼마나 멀기에 세희 언니가 오작술로 가야 하는 건가요?"

[지구 밖임? 직녀성이라도 됨?]

그렇기에 치이와 페이의 반응도 이해가 됐다.

하지만 나는 안방에 오기 전까지 나누었던 이야기를 알기 때문에 거기서 한 단계 더 나아갈 수 있었다.

그리고 세희는 내 생각이 정답이었다고 말해 주었다.

"다른 차원입니다."

"……."

[…….]

말 그대로 차원이 다른 이야기에 치이의 입이 세모꼴이 되었고, 페이는 머리 위에 연기로 그린 까마귀 한 마리를 날려 보냈다.

정작 세희는 근처 마트에서 장 좀 봐 오라는 듯 평온한 목소리로 말했지만.

"그리고 사소한 오해를 정정해 드리자면, 제가 가는 것이 아니라 두 분께서 다른 차원에 계신 분을 이곳으로 모셔 오는 것을 부탁드리고 싶은 것입니다."

날아가던 까마귀가 연기로 변했고, 치이의 입은 반쯤 더 벌려졌다. 옆에 앉아 있었다면 손가락으로 장난쳤을 텐데, 같은 생각이나 하고 있는 나와 달리.

"그, 그게 말이 돼, 이 억지야?!"

아야는 깜짝 놀라서 몸을 앞으로 숙이고서 세희에게 말했다.

……조금 전의 민망한 화제 때문에 떨어져 있던 엉덩이가 나한테 딱 달라붙는 건 신경 쓰지 못할 정도로.

"차원을 여는 걸 저 허약한 애들이 어떻게 한다는 거야?!"

"허, 허약인 거예요."

[비실비실…….]

본모습은 성인이며 바둑이와 한판 벌일 수 있을 수준의 대요괴인 아야가 보기에는 허약한 아이 요괴인 치이와 페이가 풀이 죽어 버렸다.

"크, 크응? 아, 아니, 그게 아니라, 그러니까, 그게, 키이이잉!"

그 모습에 아야가 허둥대며 바동거리다가 당혹감에 얼굴이 붉어진 채 고개를 돌려 나를 올려다보며 말했다.

"어, 어떻게든 해 봐, 이 든든아!"

"이럴 때만 찾냐."

나는 살짝 핀잔을 주며 뭔가 말을 하려는 아야의 양쪽 볼을 손가락으로 꾹 누르고서 세희에게 말했다.

"그건 네가 직접 하는 게 낫지 않아?"

자연스럽게 화제를 돌린 것 같다.

"그럴 순 없습니다."

순간적인 충격에서 벗어나서 호기심 어린 시선으로 자신을 올려다보고 있는 치이와 페이를 향해 고개를 돌린 세희가 대답했다.

"첫 번째로, 제 입장상 다른 차원에 있는 인간에게 간섭할 수 없기 때문입니다."

아, 그랬지. 도대체 옛날에 뭔 짓을 했는지는 몰라도 모든 평행 세계에서 위험인물로 낙인이 찍혀 있었다고 했던 게 기억났다.

[우와아아아.]

"하우우우······."

"대체 무슨 짓을 한 거야?"

그걸 처음 알게 된 아이들은 깜짝 놀란 눈치였지만.

세희는 가볍게 그 시선을 무시하고서 말을 이었다.

"두 번째로, 제가 모셔 오고자 하는 그분께서는 사실 지금까지 몇 번이나 자기 힘으로 이쪽 세계에 오시기 위해 노력해 오셨습니다. 그때마다 제 사소한 심술로 인해 그 뜻을 이루지 못하셨지만요. 그로 인해 그분의 경계심이 하늘 높은 줄 모르고 높아져 있을 것이라 보기에, 안내원이 필요한 상황입니다."

[ㄱ거 완전히 지업자······.]

"꺄우우우!"

"크흥! 크흥!"

폐이가 쓰던 글을 치이가 화들짝 놀라서 연기로 돌려보내고 아야가 급히 헛기침을 해서 주의를 돌리려 했지만, 이미 세희의 두 눈이 번쩍인 이후였다.

"세 번째로."

하지만 상황이 상황이기 때문일까, 세희는 모르는 척하고 넘어가기로 한 것 같다.

"시국이 시국인지라 지금 저는 최대한 주인님과 안주인님의 곁을 떠나지 않고 세계 정세를 살피며 힘을 비축해 두는 것이 좋을 것 같기 때문입니다."

그 말에 아이들은 아무 말없이 고개를 끄덕였다. 그 모습을 본 세희가 살짝 표정을 바꾸고서 말을 이었다.

"마지막으로. 두 분께서 주인님께 무엇인가 도움이 되고 싶어 하시는 눈치이신지라 말씀드린 것입니다."

뭐라고 해야 할까.

나는 지금의 세희가 동생들을 챙겨 주는 언니 같다는 생각이 들었다.

"오라버니께 도움이 되는 일인 건가요?"

"그렇습니다."

세희의 대답에 치이가 작은 주먹을 움켜쥐며 고개를 돌려 폐이를 바라보았다. 그리고 소꿉친구의 눈동자에 담긴 뜻을 모를 폐이가 아니었다.

폐이는 어깨를 으쓱하고 연기로 글을 썼다.

[야레야레다제.]

알아들을 수 없는 글을.

"……그런 이상한 글은 쓰지 않았으면 하는 거예요."

치이가 한일자(一)가 된 눈으로 노려보자 폐이가 다시 글을 썼다.

[어쩔 수 없다는 뜻이었음.]

그제야 치이는 고개를 끄덕였고, 세희는 그런 둘의 모습을 보며 슬며시 고개를 숙이며 말했다.

"힘든 결정을 해 주셔서 감사합니다."

서로 돕는 흐뭇한 모습이라는 생각이 드는 순간.

꾸욱, 꾸욱.

조용히 품안에 있던 아야가 내 옷을 잡아당겼다.

아야가 뭔가 조용히 하고 싶은 말이 있는 것 같은 눈치다. 나는 고개를 숙였고, 아야가 비밀 이야기를 하듯 내 귀에 손으로 벽을 만들고 속삭이듯 말했다.

"저 바보들, 깜빡 속아 넘어간 것 같은데 어떻게 할까?"

그게 무슨 소리냐고 물어보려고 할 때.

세희가 왜 치이와 페이가 내게 도움이 되고 싶어 하는 것처럼 보였다는 이야기를 마지막에 했는지 깨달을 수 있었다.

……그래. 끝이 좋아야 다 좋다는 이야기가 있었지.

지금은 세희에게 좋은 거겠지만.

순식간에 자신의 잘못은 넘겨 버리고, 둘의 바람을 이루어 주기 위해 부탁을 한다는 틀을 만들어 버린 세희를 보며 나는 두려움에 떨 수밖에 없었다.

"힘내는 거예요!"

[우리도 쓸모가 있겠지!]

하지만 나는 서로를 바라보며 의지를 불태우고 있는 치이와 페이를 보며 아무 말도 할 수 없었다.

나는.

"그런데 어떻게 하려는 거야, 이 음흉아? 오작술이 차원도 건널 수 있던 거였어?"

아야는 달랐지만.

"못 할 건 또 어디 있습니까?"

세희는 딱 잘라 말했다.

"오작술의 기원은 서로를 그리워하는 견우직녀를 안쓰럽게 생각한 까치와 까마귀의 측은지심에서 비롯된 요술입니다. 헤어진 연인을 다시 이어 주는 데 이만큼 특화된 요술은 세상에 없다 할 정도이지요."

……연인은 아니지만.

연인은 서로 사랑하는 사이를 표현하는 단어니까.

하지만 이미 지난 가을에 있었던 일을 **대충이나마** 알고 있는 아이들은 별말 없이 수긍해 버렸다.

이상하다. 난 분명 아세희가 날 좋아하게 됐다는 부분은 말 안 했는데.

내 이미지가 어쩌다 이렇게 된 걸까.

[그래서 언제 가면 되는 거임?]

"빠르면 빠를수록 좋은 거 아닌가요?"

치이와 페이의 의욕이 넘치는 모습을 보아하니, 무슨 대답이 나올지 알고 있는 나도 조금은 마음이 편해지는군.

"지금입니다."

*　*　*

번갯불에 콩 볶아 먹듯이 일이 진행되긴 했지만, 오작술로도 차원을 넘는 건 그리 쉬운 일이 아닌 것 같았다. 세희가 소매에서 부적을 꺼내서 치이와 페이를 어른으로 만들어 줬으니까.

"아우우우, 어른이 된 건 오랜만인 것 같은 거예요."

어른의 몸에 적응하기 위해 이리저리 몸을 움직여 보는 치이와 달리.

"혹시 남는 부적 더 없음? 있으면 팔아 줬으면 좋겠음."

페이는 금괴를 꺼내 들고 세희에게 거래를 요청했다.

"페이 님께서는 다른 의미로 요주의 인물이기 때문에 그럴 수 없는 점, 안타깝게 생각하고 있습니다."

"……칫."

전혀 안타깝게 여기지 않는 듯한 세희의 미소에 페이가 혀를 찼지만, 그것도 잠시.

"그래서 어떻게 할 거야?"

어른이 된 치이와 페이를 보며 대항 의식이라도 생겼는지 목걸이를 풀어 버린 아야가 말했다.

……그건 그렇고, 뭐라고 해야 할까.

어른이 된 아이들이 세희와 어려운 이야기를 나누는 모습을 보고 있자니 느낌이 확실히 다르네.

눈을 어디다 둬야 할지 잘 모르겠다는 느낌?

무엇보다 아야는 말할 것도 없고, 새의 일족인 치이와 페이의 가슴도 크니까 말이야. 특히 페이는 입고 있는 옷의 색깔 때문에 한층 더 부각이 된다.

그래서 그럴까.

열심히 뭔가를 설명하고 있는 세희가 안쓰…….

아니, 아무것도 아닙니다.

나는 세희의 소매에서 빠끔히 고개만 들이밀었다가 다시 들어간 가위를 보고서 생각을 멈췄다.

나는 세희와 아이들이 시공 좌표니 공간 좌표니, 촉매니 매개체니 알 수 없는 소리를 주고받는 모습을 잠시 멍하니 본 뒤.

"할 수 있을 것 같은 거예요."

"어떻게든 될 것 같음."

"크응, 다행이 어렵진 않은 것 같네."

아이들이 고개를 끄덕이는 걸 보고서야 입을 열 수 있었다.

"괜찮겠어?"

가장 걱정되는 건 치이와 페이의 안전이다. 나는 잘 모르지만, 왜, SF 영화나 게임 같은 걸 보면 종종 그런 거 나오잖아? 목표지가 아닌 다른 행성에 도착해서 고생하는 경우 같은 거.

"괜찮은 거예요."

"걱정 말고 기다리고 있으면 됨."

하지만 치이와 페이는 오히려 나를 안심시키듯 한 명씩 돌아가며 나를 포용해 줬다.

이 녀석들, 언제 이렇게 어른이 되어 버린 건지.

……절대로 뭉클뭉클한 감촉 때문에 그리 생각한 게 아닙니다.

"만지고 싶으면 만져도 됨. 오히려 환영."

아니라니까!

*　*　*

"날이 추우니 이만 들어가시는 것이 어떻겠습니까, 주인님."

치이와 페이가 오작술을 통해 먼 곳으로 떠난 지 벌써 20분. 나는 대청마루에 앉아서 이제나저제나 하며 둘을 기다리고 있었다.

"세희 말이 맞으니라, 성훈아. 그러다가 감기라도 걸리면 어쩌려는 것이느냐?"

그런 나에게 랑이와 세희는 몇 번이나 따듯한 안방에 들어가 있으라고 권유했지만, 나는 가볍게 고개를 흔들며 자리를 지키기를 고집했다.

아직 해가 중천에 떠 있기도 하고, 어느새 작은 강아지 모습으로 변한 바둑이가 내 무릎을 방석 삼아 몸을 웅크리고 잠들어 있기도 하니까.

"괜찮아. 춥지도 않고 말이지."

"하여간 고집불통."

그런 나를 보며 나래는 인상을 찌푸리며 혀를 찼지만 그럼에도 랑이와 함께 내 곁을 지켜 주었다.

그렇습니다.

나래와 랑이가 양옆에 붙어 있고 바둑이가 무릎 위에 잠들어 있고, 해도 떠 있는 지금은 겨울의 차가운 바람조차 이 자리를 비껴가는 듯한 착각마저 불러일으키는 것입니다.

"그렇게 아세희 님과의 재회가 기다려지시는 겁니까?"

착각이 맞았군. 금방 어디선가 차가운 바람이 불어왔으니까.

"그런 건……"

아니라고 말하려고 했지만 쉽게 입이 떨어지지 않는다. 아마도 나는 치이와 페이의 무사 귀환만큼이나 세희, 아니, 아세희와 다시 만나는 걸 기대하고 있었나 보다.

"그럴지도 모르겠네."

그래서 나는 피식 웃고 내 마음을 사실대로 전했다.

제대로 된 작별 인사도 하지 못하고 떠난 데다가, 자신이 직접 나를 만나러 오겠다고 선언한 그 똑 부러진 모습까지.

……세희의 심술로 저지당했지만.

어쨌든 나는 그렇게 헤어진 아세희와 다시 만나는 걸 기대하고 있었다.

"성훈아."

랑이가 슬며시 내가 입고 있는 패딩의 팔꿈치 부분을 잡아당기며 내게 말했다.

"아세희는 어떤 아이였느냐?"

조금 전에 말했듯이.

발설지옥에서 돌아온 나는 저쪽 세계에서 있었던 일을 가족들에게 단 한 가지를 제외하면 숨기지 않고 이야기했다. 당연히 그중에는 세희와 같지만 다른 아세희에 대한 이야기도 있었는데, 아마도 랑이는 다시 한번 듣고 싶은가 보다.

아세희가 이쪽 세상에 넘어오기 전에 말이지.

"으음~."

나는 잘 기억이 안 난다는 듯이 뜸을 들인 뒤, 랑이에게.

그리고 그저 하얀 입김만을 내뿜고 있지만, 나와의 거리를 좀 더 좁힌 나래에게 말했다.

"세희하고 거의 똑같이 생겼어."

""……""

나는 왜 그런 당연한 이야기를 하느냐는 나래와 랑이의 시선에 흘러내리는 땀을 슬쩍 닦으며 말을 이었다.

"세희만큼 머리가 좋지만, 아직 어려서 그런지 가끔 실수할 때도 있었고."

아직도 나는 아세희가 나와 아사달의 관계를 오해했을 때의 그 충격을 잊지 못하고 있다.

그때는 얼마나 어이가 없었는지, 지금처럼 실소조차 나오지 않았다.

"그리고 글을 읽는 것도, 쓰는 것도 좋아해. 무슨 글을 쓰는지는 나도 모르지만."

뭐, 세희를 기반으로 두고 생각해 보면 아사달과 가희와 자신의 이야기를 자서전 같은 형식으로 쓰고 있을지도 모른다. 만약 그렇다면 그 이야기 속에서 나는 어떤 식으로 등장하고, 어떤 식으로 퇴장했을까?

문득 든 호기심을 한곳에 밀어 두며 나는 말을 이었다.

"아, 그리고 성격은 세희와 비교하면 많이 밝은 편이야. 키는 랑이랑 같거나 조금 클 거고……."

나는 랑이가 다시금 패딩을 꾸욱꾸욱 잡아당긴 것을 느끼고 잠시 할 말을 접어 두었다.

그런 나를 보며 살며시 고개를 흔든 랑이가 말했다.

"성훈아, 우리가 듣고 싶은 것은 그런 게 아니라는 것을 알고 있지 않느냐."

……그렇겠지요. 알고 있습니다요.

그쪽 세계에서 있었던 일 중에서 구렁이 담 넘어가듯 슬쩍 말을 흐렸던 게 나와 아세희의 관계였으니까.

어떻게 말합니까. 그쪽 세계의 아세희가 분명히 나와 다른 방향의 호의를 가지게 됐다는 걸.

그것도 이쪽 세계의 세희가 두 눈을 시퍼렇게 뜨고 있는데.

나래와 랑이도 그 사실을 고려해서 지금까지 화제로 삼지 않은 것 같지만, 아무리 그래도 아세희가 이쪽 세계로 오게 된 만큼 더 이상 그럴 수도 없었나 보다.

"으음……."

문제는, 지금도 제 등 뒤에는 세희가 검은색 목도리와 장갑을 끼고서 천하여장군처럼 바른 자세로 서 있다는 거죠.

뒤를 돌아보지 않아도 알 수 있어요. 저를 내려다보는 시선 때문에 뒤통수가 따끔거리거든요.

"……."

평소에는 그렇게 사람의 속을 잘 뒤집어 놓으면서 왜 지금은 침묵을 지키는지 모르겠다. 아, 오히려 침묵이 나를 괴롭히는 데 더 좋다고 생각한 건가?

"말하기 힘들면 내가 맞혀 봐도 되겠느냐?"

"그럴 필요 없어, 랑이야. 성훈이가 저러는 걸 보면 이미 답이 나온 거니까."

으!

사실을 들킨, 아니, 확인 사살을 당한 내가 조심스럽게 나래의 눈치를 살피기 위해 고개를 돌리려 할 때.

"옵니다."

지금껏 침묵을 지켰던 세희가 입을 열었다.

그 순간.

"멍…… 웅?"

잠들어 있던 바둑이가 귀를 쫑긋 세우고 몸을 바로 세워 소리 높여 짖으려다 의문이 가득 찬 소리로 끝을 냈고.

평화롭던 마당에 세로로 긴 균열이 생겨났다. 그 속에서 불쑥! 푸른색과 흰색이 감도는 날개와 칠흑같이 검은 날개가 튀어나왔고.

저건 치이와 페이의 날개다! 무사히 다녀왔구나!

……어, 그런데 뭔가 이상하다? 기세 좋게 나온 날개가 균열을 벌리려고 하는데, 균열은 마치 살아 있는 조개처럼 그 입을 꽉 다물고 있었다. 그에 비해 밖으로 나온 날개는 파들파들 떨리기 시작했고.

이, 이거 위험한 거 아니야?

나는 일이 잘못되어 가고 있다는 느낌이 들어 급히 고개를 돌려…….

"실례하겠습니다."

돌리기도 전에 세희가 내 머리 위를 뛰어넘어 순식간에 균열의 양 끝을 잡아 벌렸다. 그와 동시에 세 명의 소녀가 거의 튕겨 나오듯 균열 속에서 빠져나왔다.

"아!"

그 기세가 얼마나 강한지 치이와 페이는 마당을 데굴데굴 구르다가 급히 뛰쳐나간 랑이가 받아 주고 나서야 멈출 수 있었다.

같이 나온 다른 한 명의 소녀는 뒤에서 전해지는 힘을 못 이기고 몸이 엎어지려는 순간!

한 손으로 땅을 짚고 넓은 치맛자락을 펄럭이며 몇 번이나 재주넘기를 한 뒤 제자리에 섰다.

상황이 상황만 아니라면 올림픽 체조 선수라 해도 믿을 수 있을 것 같은 아름다운 광경에 잠시 얼이 빠질 뻔했지만, 나는 정신을 차리고 치이와 페이에게 달려갔다.

나래는 나보다 한발 빨리 움직여 치이와 페이를 건네받고 둘의 상태를 확인하고 있었고.

나는 나래에게 물었다.

"괜찮아?"

"괜찮은 것 같아. 어디 다친 것 같지도 않고."

"응! 그냥 많이 지친 것 같아 보이느니라."

휴우…… 다행이다.

내가 보기에도 치이와 페이는 눈동자가 빙글빙글 돌고 온몸에 흙이 묻은 것만 제외하면 괜찮아 보였으니까.

치이와 페이가 무사하다는 것을 내 눈으로 확인하고 나서야, 나는 잠시 뒤로 미루었던 한 명의 소녀를 바라보았다.

그 소녀가 누구인지는 명확하다.

아세희.

그 아이에게 도움을 청하기 위해 치이와 페이가 그쪽 세계로 떠났으니까.

오랜만의 재회에 나는 반가운 마음을 전하기 위해서 입을 열었다.

"……어?"

하지만 아세희를 자세히 본 순간 얼빠진 소리가 튀어나왔다.

물론 내 앞에 있는 사람은 아세희다. 응, 맞아. 한눈에 봐도 아세희다. 길거리를 스쳐 지나가며 봐도 아세희라는 걸 알 수 있었을 거다.

애초에 아세희가 아니라면, 치이와 페이가 이쪽 세계에 데려오지 않았을 테니까.

하지만, 어, 음.

"……많이 컸다?"

키가 많이 자랐고, 거기에 맞춰서 신체 비율이 좀 달라진 것 같다고 해야 할까? 입고 있는 새하얗고 풍성한 드레스 덕분에 잘은 모르겠지만, 전반적으로 모델처럼 날씬한 체형으로 변한 것 같다.

문제는, 내가 저쪽 세상에서 이쪽으로 온 지 3개월 정도밖에 지나지 않았다는 거다.

아무리 아이들이 잠깐 안 본 사이에 많이 자란다고 하지만, 이건 아니지!

"……하실 말씀은 그것뿐인가요. 성훈 **님**?"

하지만 그것도 아세희가 삐친 표정을 지으며, 아직 완벽히 닫히지 않은 균열에 눈길을 주고 살짝 낮은 음색으로 말했을 때 머릿속에서 사라지고 말았다.

"이렇게 오랜만에 만난 저한테, 하실 말씀은 정말 그게 다예요?"

"그럴 리가 있냐."

명백하게 자신이 원하는 말을 해 달라고 온몸으로 표현하고 있는 아세희를 보며, 나는 피식 튀어나온 웃음을 숨기지 않고 말했다.

"못 보는 사이에 많이 컸네."

소녀에서 어른이 되어 가는 그 도중에 있다고 할까

예전과 비교해서 손바닥 한 뼘 정도는 큰 것 같고, 볼살도 많이 빠진 데다가 이목구비도 좀 더 뚜렷해졌다.

"조금 전하고 뭐가 다른지 모르겠어요."

하지만 아세희는 그 정도면 만족했다는 듯 밝은 미소를 지으며 내게 다가왔다.

"보고 싶었어요. 성훈 **씨**."

아니, 반가운 마음을 숨기지 못하고 두 팔을 활짝 벌리며 내게 뛰어들 듯 다가왔다. 나는 자신의 마음을 숨기지 않고

드러내는 아세희의 모습에 잠깐 당황했지만, 말했듯이 잠깐이었다.

나 역시 그녀와의 재회가 기쁘지 않은 것은 아니었기에 두 팔을 벌려 아세희의 마음에 응해 주려 했다.

응해 주려 했는데.

"무릎니다."

세희가 땅이 울릴 정도로 강하게 발을 구르며 아세희의 품 안으로 파고들어 등으로 받아 버렸다!

그야말로, 어렸을 때 아버지를 따라간 오락실에서 본 3D 격투 게임의 주인공만큼이나 깔끔한 자세로!

"윽!"

하지만 놀랍게도 아세희는 이렇게 될 거라고 예상이라도 했다는 듯, 세희의 등이 몸에 닿기 전에 뒤로 훌쩍 몸을 날리며 공격을 피했다.

하지만 아세희의 상대는 강세희였다.

세희는 자신의 첫 수가 닿지 않는 순간, 그대로 몸을 반 바퀴 돌리며 팔을 뻗어 아세희의 가슴을 쳤다! 공중에 몸을 띄우고 있던 아세희는 급히 두 팔로 가로막으며 버티려 했지만, 그것뿐.

쾅!

굉음을 내며 담벼락을 그대로 작살내고, 그 무너진 잔해 속에 파묻히고 말았다.

"……"

어, 지금 내가 제대로 본 거 맞지?

지금 일어난 일을 믿을 수 없다는 듯, 나뿐만 아니라 치이와 페이를 방으로 옮기려던 나래도, 그런 나래의 옆에서 어떻게 한 팔이라도 거들려고 했던 랑이도 두 눈을 동그랗게 뜨고 무너진 담벼락을 보고 있었다.

"후우…… 위험했습니다, 주인님."

그런 가운데 오직 세희만이 땀 한 방울 흐르지 않은 이마를 소매로 쓱 닦으며 추수가 끝난 농부 아저씨들이 절로 떠오르는 뿌듯한 미소를 짓고 있었다.

나는 덜덜 떨리는 손으로 세희를 가리키며 외쳤다.

"무, 무, 무슨 짓이야?!"

"죄송합니다, 주인님. 아무리 아세희 님이 주인님과 인연이 있는 분이시라 한들, 무장 확인도 이루어지지 않은 상태로 주인님께 가까이 다가가는 것은 결코 용납할 수 없는 일이었습니다."

내가 보기에 아세희는 드레스만 입고 있었다는 말은 하지 말자. 그때 그 메이드 누님들처럼 드레스에 가려진 곳에 호신용 무기를 가지고 있을 수도 있으니까.

"그래도 이건 너무 심하잖아!!"

"주인님께서 그리 걱정하실 일이 아닙니다. 저 역시 최소한의 상식은 있는 지라, 손에 사정은 두었으니까 말이죠."

사정? 저게? 도대체 어디가?

나는 예전에도 이런 일을 겪은 것 같은 기시감을 느끼면서,

돌무덤이나 다름없어진 담벼락으로 달려갔다.

내가 미처 다가가기 전에 돌무더기가 흔들리더니 그 안에서 흙투성이가 된 아세희가 튀어나왔지만.

"이게 대체 무슨 짓인가요!"

그리고 나는 두 번째로 놀랐다.

아니, 잠깐, 야! 왜 옷이 그래?!

분명 이쪽 세계로 넘어올 때의 드레스는 어디 갔는지, 돌무더기를 거칠게 헤치고 나온 아세희는 두 눈을 똑바로 뜨고 보기에 상당히 민망한 옷을 입고 있었다.

그렇다. 혈기왕성한 청소년이며 그쪽 방면으로는 정말 좋은 친구를 둔 나는 알고 있다.

저런 것을 라텍스라고 부른다는 사실을.

……사실 정식 명칭은 잘 모르고 있습니다.

고무 같은 재질이지만 광택은 없는 옷으로 몸의 윤곽을 **숨김없이 드러내고 있는** 아세희는 돌무더기에서 나왔음에도 긁힌 상처 없이 멀쩡해 보였다. 다른 건 몰라도 머리에 흙먼지 정도는 묻을 법한데 말이야.

아무래도 저 옷도 나는 잘 모르는 신기한 힘을 가진 물건, 그러니까 랑이의 이빨이나 웅녀의 뼈 몽둥이 같은 물건이어서 그 힘으로 아세희를 지켜 줬나 보네.

그렇게 생각하자 마음이 편해진 나는, 치이와 페이를 부축한 채 굳어 있는 나래와 랑이에게 안으로 들어가라고 손짓했다.

지치고 정신 없는 몸으로 이렇게 추운 날씨 속에서 오래 있다가는 감기라도 걸릴지 모르니까. 그런 내 뜻을 알아줬는지 나래는 랑이와 함께 치이와 페이를 데리고 자신의 방으로 향했다.

"하지만, 나래야. 나도 저쪽 세계의 세희와 이야기하고 싶으니라."

랑이는 조금 아쉬워하는 눈치였지만.

"나중에 하는 게 좋지 않을까? 다른 세계의 세희는 성훈이하고 오랜만에 만났잖아?"

"아, 그렇구나! 응, 응! 분명 둘이서 하고 싶은 이야기가 많을 것이니라! 그러니 지금은 치이하고 페이를 보살펴 주는 데 힘쓰겠느니라!"

이내 고개를 끄덕이며 이쪽을 향해 엄지까지 추켜올린 뒤 나래를 따라갔다.

이제 곧 있으면 치이와 페이가 침 범벅이 되겠군.

"당신은 제가 이쪽 세계로 오는 걸 방해한 것만으로는 성에 차지 않았나요?!"

아, 지금 그런 생각이나 할 때가 아니었다.

비록 다친 곳은 없지만 갑자기 담벼락에 처박힌 아세희가 머리끝까지 화났다는 건 쉽게 알 수 있었으니까.

"무슨 말씀을 하시는 겁니까, 아세희 님. 저는 지금 주인님의 안전을 위해 부득불 손을 쓴 것뿐입니다."

"마음에도 없는 소리 하지 마세요. 누구도 아닌 당신이! 이쪽 세계의 제가! 저한테 성훈 씨를 해칠 마음이 없다는 걸 모를 리가 없잖아요!"

"그렇습니다."

"그런데……."

"하지만."

세희가 아세희의 말을 끊으며 한쪽 입가를 뒤틀었다.

"아세희 님이 아직 닫히지 않은 차원의 균열을 보고, 주인님을 납치해 그쪽 세계로 돌아가는 가능성을 계산해 보았다는 것 또한 알고 있습니다."

"윽?!"

아세희가 정곡을 찔린 듯 신음 소리를 냈다.

아무래도 세희의 말이 맞는 것 같지만, 그래도 한쪽 세희의 말만 듣고 판단할 수는 없는 일이라 나는 아세희에게 물어보았다.

"어? 진짜?"

"아, 아니에요, 성훈 씨!"

조금 전보다 얼굴이 붉어진 아세희가 당혹스런 표정을 지은 채 고개를 흔들며 말을 이었다.

"무, 물론 그런 생각 자체를 하지 않았던 건 아니에요. 하지만 이쪽 세계의 제가 말한 것처럼, 어디까지나 잠깐 가능성을 점쳐 보았을 뿐이에요. 그럴 경우 성훈 씨가 슬퍼할 거라는 걸 알고 생각을 지워 버렸고요."

결국 했다는 거잖아.

난 또 힐끗 균열을 보기에, 그렇게 성의 없는 대답만 하면 돌아가 버릴 거라고 살짝 장난 섞인 투정을 부린 거라 생각했는데.

이런 걸 보고 될성부른 나무는 떡잎부터 안다고 하는 건가.

⋯⋯의미가 좀 다른 것 같지만.

"성공 가능성이 낮아서 포기하신 것 아닙니까?"

"그런 게 아니라고 몇 번이나⋯⋯!"

이미 다 자란 거목이 비꼬자 아직 어린 나무가 눈썹을 추켜세우며 반박하려다가.

"하아."

이내 고개를 절레절레 흔들고서 냉정을 되찾은 목소리로 대답했다.

"그런 거였군요."

이번에는 세희의 눈썹이 꿈틀거렸고 그 모습을 본 아세희가 살짝 고개를 숙인 뒤 말을 이었다.

"당신을 이 이상 화나게 만들고 싶지 않기에, 이 화제는 여기서 끝내고 싶어요. 제 도움이 필요한 상황에서 이 이상 저를 불쾌하게 만들며 시간을 낭비하는 건 비효율적이라 생각하고 있을 당신이라면 제 제안을 거절하지 않겠죠?"

"제 입장에서는 참으로 안타깝게도, 아세희 님께서는 매우 총명하시군요. 자신의 입장에 기반해서 조금이라도 생색을 내려 했다면 이 기회에 서열 정리를 확실하게 할 수 있었을 텐데 말이죠."

그렇게 말하는 세희의 소매 끝자락에는 옛날 치이와 페이의 입에 물렸던 적이 있던 구속용 도구가 삐져나와 있었다.

"하지만 이것 하나만은 기억해 두시지요."

세희가 동그랗고 구멍이 숭숭 뚫린 도구를 다시 소매 안으로 집어넣으며 말했다.

"저는, 아니, **세희**는 의외로 자신의 감정에 충실하다는 것을."

"그건 누구보다도 잘 알고 있어요."

고개를 끄덕이며 대답한 아세희는 시선을 돌렸다. 나도 아세희의 시선을 따라 고개를 돌렸지만, 거기에는 아무것도 없었다.

거기가 세 사람이 나왔던 균열이 있었던 장소라는 걸 깨달을 수 있었던 건, 아세희가 어느새 다시 드레스로 갈아입은 후였다.

신기하네. 도대체 언제 갈아입은 거지?

드레스를 빤히 바라보며 고개를 갸웃거리고 있자, 아세희가 어디에서 나왔는지 모를 부채를 펼쳐 입가를 가리며 낮게 웃은 뒤 내 쪽으로 다가오며 말했다.

"신경 쓰이시나요, 성훈 씨?"

"응."

번검처럼 눈앞에서 옷이 휙휙 바뀌는데 궁금하지 않을 리가 없잖아?

내가 고개를 끄덕이자 아세희는 부채를 접고는 자신이 입고 있는 드레스의 소매 부분을 살짝 집었다 놓으며 말했다.

"제가 입고 있는 이건, 생각하는 대로 형태를 정할 수 있는 아티팩트예요."

그렇게 말한 아세희는 내 눈앞에서 옷을 변형시켰다. 살짝 펑퍼짐했던 드레스가 마치 살아 있는 생물처럼 움직이더니 이쪽 세계의 세희가 입고 있는 한복으로 변하는 모습은, 이 녀석이 마법소녀로 변신하는 것만큼이나 신기했다.

"와, 신기하다."

"그렇죠?"

다시 드레스로 옷을 변형한 아세희는 뿌듯하다는 듯이 가슴을 펴며 말을 이었다.

"호랑이님의 털을 검은 호랑이님이 다듬으신 뒤, 아사달 오라버님께서 2년 동안 공을 들여 만드신 아티팩트인걸요."

그렇게 말하는 아세희의 표정에는 소녀 같은 뿌듯함과 자신의 옷…….

저걸 과연 옷이라고 해도 될지 모르겠지만, 어쨌든 옷을 자랑하고 싶은 마음이 가득 담겨 있었다.

그런데 그냥 듣고 넘길 수 없는 이야기가 좀 있었던 것 같은데.

그에 대해서 물어보려고 할 때.

"주인님."

세희가 입을 열었다.

"긴 이야기가 될 것 같으니 자리를 옮기시는 것은 어떻겠습니까? 멀리서 온 손님을 밖에 오랫동안 세워 두는 것은 예의가 아닌 것으로 보입니다."

아, 그것도 그러네.

긴장이 풀려서 그런지, 나래와 랑이가 없어서 그런지 슬슬 추위가 느껴지기도 하고.

"그러면 안에 들어가서 이야기하자."

"예, 성훈 씨."

그렇게 나는 먼저 신발을 벗고 대청마루로 올라갔다가, 문뜩 한 가지를 깨닫고 뒤를 돌아보며 말했다.

"아, 맞다. 우리나라에서는……."

하지만 뒤를 돌아보았을 때, 나는 괜한 걱정을 하고 있었다는 걸 깨달았다.

"걱정하실 거 없어요, 성훈 씨. 이제 이 세계가 제가 살아가야 할 곳이니만큼, 저는 이곳의 문화를 배우고 거기에 맞춰 살아갈 테니까요."

"으, 응."

나는 많은 생각이 담긴 아세희의 목소리에 어설픈 대답을 한 뒤, 마루를 지나 내 방으로 들어갔다.

"아세희 님께는 떡 줄 사람은 생각도 하지 않았는데 김칫국 먼저 마신다는 이쪽의 속담부터 가르쳐 드려야 할 것 같군요."

빈정거리는 세희의 목소리를 한 귀로 듣고 한 귀로 흘리면서.

* * *

"여기가…… 성훈 씨의 방인가요?"

내 뒤를 따라 안으로 들어와 주위를 둘러본 아세희는 믿을 수 없다는 듯 말했다.

마치, 고시원에 처음 와 본 재벌 2세처럼.

이해는 된다. 저쪽 세계에서 머물렀던 아세희의, 아니, 아사달의 저택은 말 그대로 거대했으니까. 손님으로 묵었던 방도 지금 내 방의 두 배는 될 정도였지.

하지만 이 방에는 나만 있는 게 아니었다.

"사치를 멀리하는 주인님의 내면이 그대로 드러난 이 방에서 대화를 나누시는 게 마음에 들지 않는다면 지금 당장 곱게 자란 티를 내지 못해서 안달이신 아세희 님께 걸맞은 호화롭고 사치스러운 장소로 자리를 마련하겠습니다."

옷걸이에 목도리를 걸어 놓으며, 내 책상 위에 작은 모래시계를 세워 놓은 세희의 힐난 아닌 힐난에 아세희가 눈에 힘을 주며 답했다.

"그런 뜻으로 말한 게 아니라는 건 당신도 잘 알 텐데요, 강세희 님. 저는 단지 자택의 크기로 보았을 때, 성훈 씨의 방이 작은 편이라는 것. 그리고 장식이나 가구라 할 만한 것이 전무한 데다가 눈에 띄는 것은 금고 하나뿐일 정도로 너무나 간소하다는 것을 말씀드리고 싶었을 뿐이에요."

"말씀드렸다시피 주인님께서는 검소하신 분이신지라."

"저도 성훈 씨가 사치를 멀리하는 분이시라는 건 잘 알고 있어요. 그렇다 한들 성훈 씨가 당신이 마땅히 받아야 되는 최소한의 존중도 누리지 못하고 있다는 생각은 버릴 수가 없네요."

"들으셨습니까, 주인님? 아세희 님께서 주인님께 어울리는 곳은 철창 안이라고 하셨습니다."

내가 뭐라 하기도 전에 아세희가 먼저 이마에 힘줄을 돋우며 말했다.

"당신은 성훈 씨를 주인님이라 부르면서도 하인처럼 대하는군요! 좀 더 자신의 입장에 대해 자각하시는 게 옳지 않을까요?"

그를 보는 세희의 등 뒤에는 시커먼 기운이 풍겨 나오기 시작했고.

"아세희 님이야말로 외부인으로서 다른 이의 집안 사정에 일일이 간섭하고 흉을 보는 건 예의에 어긋난다고 생각하지 않으십니까?"

"성훈 씨가 그리 생각하신다면, 마땅히 사과드리겠어요."

"논점을 흐리지 마시지요, 아세희 님. 저는 이 가정의 구성원으로서 외부인 당신의 무례를 지적하고 있는 겁니다."

"이상하네요. 제가 잘못 알고 있는 게 아니라면, 이 가문의 가주는 성훈 씨일 거예요. 이런 상황에서 가주의 의견을 묻는 게 무슨 문제가 있죠? 설마 이쪽 세계에서는 제가 살던 곳과는 달리 가주의 의견이 구성원들에게 무시되는 게 당연히 여겨지는 관습이라도 있나요? 그렇다면 사과드릴게요."

"이쪽 세계에서는 가주가 아닌 가장이라는 단어를 주로 쓴다는 건 차치하겠습니다, 아세희 님. 하지만 집안의 분위기에 따라 가장과 가족들의 관계가 수직적이기도 하고 수평적이기도 하다는 것 정도는 알고 계셨으면 하는군요."

"지적 감사합니다, 강세희 님. 그래서 전 언제 제 질문에 대한 답을 들을 수 있죠?"

"이미 답을 드렸을 텐데요. 아세희 님께서 제 말에 담긴 뜻을 이해하지 못하실 정도로 우둔하신 건 아닐 테고, 혹시 저를 무시하시는 겁니까?"

"성훈 씨가 가족분들과 평등한 관계를 지향하고 계신다는 건 이미 예전부터 알고 있었어요. 아니, 정확히 말하면 대부분의 분들과 평등한 관계를 맺고 싶어 하는 고귀한 성품을 타고나셨다 해야겠죠. 하지만 그게 성훈 씨가 이 집안의 가장으로서 가져야 할 최소한의 권위와 의사 결정권을 가족분들이 보장하지 않을지도 모른다는 제 우려 가득한 질문에 대한 답은 되지 않죠."

"지금 그 말씀이 단순히 저를 넘어서 제가 모시고 있는 안주인님, 그리고 다른 가족분들에 대한 모욕으로 여겨질 수 있다는 사실은 알고 계십니까?"

"저한테 그럴 의도가 없다는 건 강세희 님께서 잘 알고 계시겠죠."

"그 너머에 보이는 의도까지 충분히 알고 있습니다, 아세희 님."

세희와 아세희는 서로를 보며 눈웃음을 지었다.

비록 그 사이에 끼어들었다가는 온몸이 비틀려 떨어져 나갈 것 같은 기운이 오고 가고 있었지만 말이지.

"둘 다 그 정도로 하고."

나는 내 방 한가운데서 세희 전쟁이 일어나는 것을 막기 위해 둘 사이에 끼어들고서는 아세희를 바라보며 말했다.

"정말 오랜만이다, 세희야. 그동안 별일 없었지?"

내 입장에서는 간단한 안부 인사나 마찬가지였지만, 아세희에게는 조금 달랐던 것 같다. 내 말에 눈가가 촉촉해졌으니까.

……그럴 만도 한가. 그 난리를 겪은 뒤, 제대로 된 인사도 나눌 사이 없이 사라지듯 떠나 버렸으니까 말이다. 거기다 모종의 이유, 그러니까 아세희가 요술로 갑자기 급성장했다거나. 원래 그쪽 세계에서는 갑자기 몸이 큰다거나.

그런 이유가 있는 게 아니라면, 이쪽 세상보다 그쪽 세계의 시간이 조금 느리게 흘렀다고 보는 게 맞겠지?

그 시간이 가득 담긴 목소리가 아세희의 입에서 나오려 했다.

"바로 어제도 뵀습니다만 무슨 헛소리를 하시는 겁니까, 주인님."

……우리 집에 세희가 두 명만 아니었어도.

불청객 아닌 불청객 덕분에 아세희의 눈가를 촉촉이 적시고 있던 눈물이 활활 타오르는 불꽃에 말라 버리는 것을 본 나는 급히 말했다.

"강세희, 너 말고."

"그렇습니까? 주인님께서는 세희가 두 명이어서 정말 좋으시겠군요."

나는 세희의 뼈 있는 농담을 받아들이고서는 아세희에게 말했다.

"미안해, 아세희. 세희가 좀 장난기가……."

"세희."

불만과 투정이 가득한 목소리로 내 말을 중간에 끊은 아세희가 말했다.

"예전처럼 세희라고 부르세요, **강**성훈 씨."

어떻게든 분위기를 풀어 보려고 했던 내 말은, 사람을 부를 때 성까지 부르면 그 느낌이 다르다는 것을 확연하게 알려 준 아세희로 인해 무마되었다.

내 방이 이렇게 난방이 잘됐었나. 갑자기 온몸에서 땀이 나는데.

"그, 그래, 세희야."

"예, 앞으로도 그렇게 불러 주세요, 성훈 씨."

"5천 년 전통의 원조 세희를 부르셨습니까, 주인님?"

누가 먼저라고 할 것 없이 돌아온 대답 덕분에 땀이 마를 시간이 없네.

"……."

"……."

이상하다. 분명 1분 전에도 이런 상황이었던 것 같은데. 이건 조금 전의 말다툼, 아니, 마당에서 있었던 일의 연장선에 있다고 봐도 되겠지?

즉, 일단 그것부터 어떻게 하지 않으면 계속해서 이 꼴이 날 거라는 이야기다.

아니, 그런데! 내 상황을 모르는 아세희야 그렇다 쳐도! 너는 그러면 안 되는 거 아니야?!

'저는, 아니, **세희**는 의외로 자신의 감정에 충실하다는 것을.'

왜 그 말이 머릿속에 직접 울리는지 알고 싶지 않은 나는 깊은 한숨을 쉬었다.

"하아⋯⋯."

두 명의 세희가 왜 서로를 못 잡아먹어 안달인지는 알고 있다. 이해도 되고. 그렇다고 가만히 놔둘 수도 없는 일. 이대로라면 제대로 된 이야기를 시작도 못 할 것 같으니까.

그렇기에 나는 그를 위한 첫발을 내딛기로 했다.

"미안한데, 아세희."

나는 살짝 아래로 눈을 피하는 아세희를 바라보며 말을 이었다.

"이번 일은 네가 양보해 주면 안 될까?"

그 말에 담긴 뜻을 모를 정도로 아세희는 바보가 아니다. 오히려, 그런 결론에 다다른 내 속뜻을 짐작하고도 남을 정도지.

"⋯⋯어쩔 수 없네요."

비록 그 표정은 씁쓸한 감정을 숨기지 못하고 드러내고 있었지만.

"성훈 씨와 먼저 만나고, 성훈 씨에게 먼저 세희라는 이름으로 불린 건 제가 아닌 강세희 님이시니까요."

너무나 쉽게 내 중재안을 받아들여 준 아세희에게 고맙다고 말하려 할 때.

"하지만."

아세희가 내 눈을 똑바로 바라보며 말을 이었다.

"그렇다고 성훈 씨에게 아세희라고 불리는 건 싫습니다."

"……그래?"

"예, 절대로."

뭐라고 할까.

반드시 나를 찾아오겠다고 말했던 때와 같은 그 단호하고 결의에 찬 눈빛에, 고개를 끄덕일 수밖에 없었다.

이해할 수밖에 없지. 성까지 불리는 건 상대방이 정색하는 것 같거나, 둘 사이에 거리감이 있는 것처럼 느껴지니까 싫을 수밖에.

"으음~ 그러면 말이야."

그래서 나는 재빠르게 잔머리를 돌려서 아세희도 마음에 들 법한 제3의 길을 찾아냈다.

아마 그건, 지금까지의 경험이 토양이 되어 주었기에 나온 답이겠지.

"세희 대신에 소희라고 부르는 건 어때? 뭐라고 할까, 애칭 같은 느낌으로."

작은 세희니까, 소희.

거의 반사적으로 떠올린 이름이지만 내 생각에도 꽤 예쁜 이름 같았다. 저주받은 작명 센스를 타고난 강씨 집안의 자식답지 않게 말이야.

"소희……."

아세희도 그 이름이 싫지 않은지, 한 번 입에 담고서는 만족스러운 미소를 지으며 말했다.

"그게 성훈 씨가 지어준 제 **애칭**······."

순간, 어디선가 차가운 바람이 불어온 것 같지만 별일 아니겠지. 우리 집에서 지내려면 이 정도는 가볍게 버틸 수 있어야 한다고.

"마음에 들어요."

그와 달리 따뜻한 봄날이 온 것처럼 훈훈한 미소를 지으며 아세희, 아니, 소희가 말했다.

"앞으로는 저를 소희라고 불러 주세요, 성훈 씨."

"그래, 소희야."

소희, 소희, 소희.

내가 실수로라도 소희를 세희라고 부르거나 아세희라고 부르지 않도록 그 이름을 몇 번이나 속으로 되새기고 있을 때.

세희가 말했다.

"소희라니, 어딘가의 처녀 귀신이 떠오르는 이름이로군요."

이 녀석은 무슨 소리를 하는 거지.

"처녀 귀신이니까 맞잖아, 너."

"······됐습니다."

이해 못 할 농담을 한 세희는 고개를 절레절레 흔들고서 나를 보란 듯이 바보 취급했다.

어쨌든, 이걸로 세희와 소희의 화해의 장은 몰라도 제대로 된 대화를 나눌 수 있는 기반은 마련한 것 같네.

"그런데, 소희야."

"예, 성훈 씨."

빛났다.

소희라고 부르자 나를 올려다보며 환히 웃는 소희의 미소는 너무나 환히 빛나고 있었다.

"누군가와는 다르게 말이죠."

아니, 그런 생각까지는 안 했거든?

하지만 세희의 딴죽에 정신을 차릴 수 있었던 나는 일부러 헛기침을 한 뒤 소희에게 말했다.

"그때보다 많이 자란 것 같은데, 그동안 무슨 일이 있었던 거야?"

아무리 급하다고 해도 궁금한 건 풀고 가야 하는 거 아니겠어?

정말로 시간이 다르게 흐른 건지, 아니면 무슨 사고라도 있었는지, 그쪽 세계의 사람은 갑자기 휙 크는지. 궁금한 건 산더미처럼 많이 있지만, 일단 이건 무조건 먼저 물어보고 싶었다.

그런 내 생각이 얼굴에 그대로 드러났는지, 소희는 손등으로 입가를 가리고 살짝 웃고는 어쩔 수 없다는 미소를 숨기지 않으며 말했다.

"성훈 씨는 조금도 달라진 게 없네요."

그건 좀 가슴 아프군. 나름 운동도 했는데!

"조금 체격이 좋아지신 것 말고는요."

우헤헤헷, 역시 그렇지?

……나는 바보 같이 헤벌쭉해진 얼굴을 원래대로 되돌리며

소희에게 말했다.

"3개월 동안 열심히 운동했거든."

"3개월인가요."

소희는 어딘가 씁쓸하게 웃으며 말했다.

"저는 그날부터 벌써 3년이나 지났어요."

"3년? 진짜?"

"예."

소희는 가볍게 고개를 끄덕이고서는 무거운 이야기를 꺼냈다.

"성훈 씨가 지내고 있는 이 중심 세계에서 떨어져 나간 뒤, 제가 살던 세계가 또 다른 중심 세계가 되면서 시간 축이 달라진 것 같아요."

그 차이가 3년, 아니 2년 9개월인가?

생각보다 차이가 많이 나는구나.

다시 말하면, 소희가 이곳에 오래 있으면 오래 있을수록 기억 속의 가족들과 점점 멀어지게 된다는 거다.

……소희도 이 사실을 알고 있을까.

나는 그 점을 물어보려 했지만, 그보다 먼저 소희가 말했다.

"제가 그 정도 각오도, 준비도 없이 성훈 씨를 찾아왔을 것 같나요?"

아직 어리고, 자라 온 환경이 다르며, 쌓은 경험이 적기는 하나.

소희는 또 다른 세희였다.

자신에 대한 확고한 자신감이 담긴 목소리와 여유가 엿보이는 표정을 보면 말이지.

그렇게만 자라다오. 사람을 무시하고 깔보는 시선을 기본으로, 기묘하게 한쪽 입가를 비틀어 웃는 건 배우지 않아도 된단다.

나는 그런 마음을 가득 담아 소희에게 말했다.

"난 아직 아무 말도 안 했는데."

소희도 세희처럼 내 마음을 읽을 수 있는 게 아닐까 싶어 살짝 찔러 본 말에, 소희는 어딘가 아련한 미소를 지으며 말했다.

"제가 알고 있는 성훈 씨라면, 분명 이럴 때 저와 아사달 오라버니, 그리고 가희를 걱정했을 테니까요."

뭔가 함축적인 뜻이 담겨 있는 말이군.

하지만 모든 생각이 표정에 드러난다는 말을 몇 십 번은 들었던 나는 대수롭지 않게 생각하기로 했다.

나처럼 기억력이 나쁜 녀석이 3년 전에 짧게 알고 지냈던 녀석에 대해 자세히 기억하고 있으면 특이한 거지만, 소희는 아니니까.

……물론 그런 게 아니라는 건 알지만, 소희가 다시 이야기를 시작했으니까 넘어가자.

"그래서 저는 3년 동안 성훈 씨를 찾아가게 될 때를 대비해서 철저히 준비를 했어요. 그동안 정말 많은 일을 벌였고, 많은 일이 일어났죠. 하지만 제 예상과 달리 가장 어려웠던 일은 성훈 씨가 계신 세계를 특정 짓는 것도, 저를 대신할 인간의 왕이 태어나는 것을 기다리는 것도, 오라버니와 함께 차원을 넘는 요술을 만드는 것도, 제 드레스를 붙잡고 떨어지지 않으려 하던 가희를 설득하는 것도, 저와의 이별이 슬퍼 눈물을 흘리는 호랑이님을 달래는 것도, 그로 인한 검은 호랑이님의 진노를 가라앉히는 것도 아니었죠."

나는 소희의 목소리에 점점 힘이 실리는 것을 보며 알 수 있었다.

이거 그거네요.

내 예상대로 소희는 두 주먹을 불끈 쥐고 이를 갈며 말했다.

"설마 저를 절망에 빠뜨린 게 또 다른 제가 펼친, 단순하지만 극도로 강력한 요력으로 만든 차단막일 거라고는 상상도 못 했으니까요."

소희의 원망이 가득한 시선을 받은 세희는 피식 웃으며 거만하게 말했다.

"인류 역사상 셋도 없는 천재적인 두뇌가 힘을 합쳐 만들어 낸 대술식을 막아 낸 것은 원시적인 요력, 원시적인 요력이었습니다."

빠직.

소희의 이마에 굵은 힘줄이 돋는 것으로 모자라 드레스가 꿈틀거리며 마당에서 봤던 전투복으로 변하려고 했지만, 그것도 순간이었다.

"후우……."

가슴에 손을 얹고 몇 번이나 심호흡을 내뱉어 냉정을 되찾은 소희가 말했다.

"하지만 이해할 수 있었어요. 세희는, 의외로 질투심이 많은 성격이니까요."

나와 자신을 번갈아 보는 시선에, 세희는 눈살을 찌푸리며 말했다.

"저까지 당신과 도매급으로 엮지 말아 주셨으면 합니다. 저와 당신은 쌓은 수양의 깊이가 다르니까요."

그래, 세희가 수양을 많이 쌓은 것 같긴 해.

"성격이 나빠지는 쪽으로 말이지?"

"푸흐읍!"

소희가 고개를 숙이고 입가를 가린 채 어깨를 들썩거렸다. 내 농담이 꽤 취향에 맞았나 보네.

"어찌 그리 잘 알고 계십니까, 주인님?"

그와 반대로 우리 세희 님께서는 지금까지 자신이 쌓았던 정신적 수양의 깊이를 내게 체감시켜 주고 싶은 것 같으십니다.

"농담이다, 농담."

나는 정신적인 평온과 안정, 그리고 안락한 삶을 위해 이제야 겨우 웃음을 멈추고 눈가에 맺힌 눈물을 털어 낸 소희에게 말했다.

"그보다 소희야. 혹시 치이하고 페이한테 내 상황에 대해 이야기 들은 거 있어?"

나와는 달리 표정 관리에도 천부적인 재능이 있는 소희가 고개를 끄덕였다.

"제 도움이 필요하다는 이야기는 두 분께 들었어요. 하지만 오작술이 몸에 큰 부담이 되신 것 같아서, 안정을 취하시는 걸 권해 드리고 자세한 사정은 이쪽에 온 뒤에 듣기로 했고요."

나를 위해 힘써 준 치이와 페이에 대한 고마움과, 자세한 사정도 모른 채 차원을 뛰어넘어 준 소희에 대한 감사함이 내 가슴을 울렸다.

"하지만 그럴 필요는 없어 보이네요."

내 가슴이 다른 의미로 울렸다.

"으, 응?"

서, 설마 마당에서 나래와 랑이를 본 것만으로 내가 어떤 인간인지 파악하고 경멸하게 된 건가?

소희라면 그럴 지도 모른다! 아직 어리다고는 하지만, 말 그대로 작은 세희니까!

"성훈 씨가 어떤 어려움에 처했는지, 제게 무슨 도움을 청하시려 했는지, 아무래도 제가 예상했던 게 맞는 것 같으니까요."

다행이 내 생각과는 다르게 그 재능이 발휘된 것 같긴 한데……. 진짜로?

그렇게 묻고 싶지만 자존심이 상할까 봐 고민하고 있던 내게, 소희가 눈웃음을 지으며 말했다.

"조금 전에 말씀드렸다시피, 세희는 의외로 질투심이 강해요. 저를 방해한 것도 또 다른 세희가 성훈 씨를 다시 만난다는 게 기껍지 않아서였겠죠. 그런데도 제가 이쪽 세상으로 오는 것을 묵인할 수밖에 없었던 건 그만한 이유…… 실례했어요. 그럴 수밖에 없었던 이유가 있었을 거예요. 하지만 이상하죠. 안 그런가요? 제가 할 수 있는 대부분의 것은 세희 님 또한 할 수 있을 테니까요. 전 세희 님에 비해 **너무나 어리고**, 약하니까요."

나는 '급속 노화 촉진제'라는 라벨이 붙은 수수께끼의 병이 다시 한복 소매 안으로 들어가기를 간절히 기도하며, 소희의 이야기에 귀를 기울였다.

"인정하고 싶지 않지만 세희 님은 저보다 유능하세요. 그건 아마도 **연륜과 경험**의 차이겠죠. 그런데도 성훈 씨는 세희 님이 아닌 저에게 도움을 청하셨고 세희 님은 그걸 받아들이셨죠. 그렇다는 건……."

"그만."

세희는 무표정한 가면을 반쯤 깨뜨린 채, '자아도취 치료제'라는 라벨이 붙은 녹음기를 만지작거리며 말했다.

"소희 님께서 명석하시다는 사실은 주인님께서도 충분히 깨달으셨을 테니, 이제 그만 결론을 말씀해 주시지 않겠습니까?"

"아, 안 그래도 그럴 생각이었어요."

세희의 지적이 부끄러웠던 걸까. 소희가 얼굴을 붉히며 말했다.

"그, 그러니까 말이죠."

……아니, 잠깐. 지금 기시감이 느껴지는데?

얼굴을 붉히고 내 눈을 제대로 바라보지 못한 채 맞대고 있는 손가락을 꼼지락거리고 있는 소희의 모습을 보고 있자니, 한동안 잊고 있었던 옛 추억이 떠올랐다.

그다지 유쾌하지만은 않았던, 내 인생 최초로 다른 사람에게 성 정체성을 의심당했던 그때가 말이야.

"서, 성훈 씨는……."

그렇기에 나는 소희를 말리려 했다. 다시 한번 자신의 가설과 그를 통해 나온 결론을 곰곰이 되짚어 보는 게 좋지 않겠냐고 충고하려 했다.

한 번 일어났던 일은 두 번 일어날 수 있다고, 소희가 또다시 잘못된 결론을 낼 수도 있으니까.

하지만.

내 입에는 테이프가 붙어 있었고!

세희의 녹음기는 램프가 붉게 반짝이고 있었으며!

소희는 수줍음이 가득한, 하지만 모든 것을 각오하고 결심한 목소리로 말했다!

"제가 성훈 씨의 아이를 낳아 주었으면 하는 거죠?!"

아이를 낳아 주었으면 하는 거죠~.

아이르을 낳아 주우었으며어언 하느으은 거죠오오~.

소희가 한 말이 메아리가 되어 귓가를 몇 번이나 맴돈다.

하지만 이번에는 저번처럼 크게 당황하지 않을 수 있었다. 적어도 나를 동성애자로 오해를 한 것보다는 나으니까.

그렇다고 소희의 엉뚱한 말이 이해가 되는 건 아니다. 그래서 난 입에 붙은 테이프를 떼고서 자신의 발언에 수줍어하고 있는 소희 대신 녹음기에 협박 도구라고 큼지막하게 쓰고 있는 세희에게 말했다.

"설명."

세희는 녹음기를 소매 속에 집어넣으며 말했다.

"아무리 천하의 기재라 소문이 난 저라 한들 귀신의 몸으로 새 생명을 잉태할 수는 없지 않습니까?"

나도 그동안 성장이라는 걸 하긴 했구나. 주어가 빠진 설명을 어느 정도 이해할 수 있게 된 걸 보니까.

소희는 아무래도, 내가 세희는 할 수 없는 일을 자신에게 부탁하고 싶어 한다고 생각했던 것 같았다.

그게 아이를 가지는 거였고.

하하하, 하긴. 귀신은 아이를 낳을 수 없지!

내가 삐걱거리는 머리로 겨우 사태를 파악했을 때.

"그래서, 뜨거운 연인들의 크리스마스이브날 밤이 아쉽지 않을 정도로 질펀한 정사를 나누시도록 잠시 자리라도 비켜 드립니까?"

세희의 참으로 노골적인 발언에 소희는 물도 끓일 수 있을 것처럼 새빨개진 얼굴로 비명이나 다름없는 소리를 질렀다.

"어, 어, 어떻게 할지는 아, 아, 아직 결정 안 했어욧!!"

"경험이 부족하다고는 하나, 저와 같은 세희이신 소희 님께서 fuck, 실례, 퍽이나 그러시겠습니다. 머릿속에서는 이미 주인님께서 달빛이 비치는 아름다운 화원에서 무릎을 꿇고 소희 님의 손을 잡고서 '그때는 하지 못한, 너한테 꼭 전하고 싶은 마음이 있어.' 같은 말을 시작으로 청혼을 하고, 소희 님께서는 눈물을 삼키며 청혼을 받아들이며 감동적인 키스. 그때 어디선가 불어온 바람에 꽃잎이 흩날리며 아름다운 장면이 연출된 뒤, 10년이 지나 주인님과의 아이들, 대충 두 명 정도가 적당하겠군요. 두 명의 아이들과 함께 행복한 시간을 보내는 망상으로 대하 역사 소설을 쓰셨을 텐데 말이죠."

화가 난 건지, 아니면 그냥 부끄러운 건지 모를 소희가 자리에서 벌떡 일어나 한쪽 손을 가슴에 대고 다른 팔을 앞으로 펼치며, 마치 웅변대회에서 호소하듯이 외쳤다.

"그, 그렇지 않아요!"

그래, 그랬겠지. 그것 참 다행이다, 라고 생각한 순간.

소희가 진실감이 가득 느껴지는 목소리로 고했다.

"저는 그저 저와 같은 마음이 된 성훈 씨와 작고 낡은 방에서, 위태롭게 타오르는 촛불만을 비추는 서로의 눈동자를 바라보며 손을 마주 잡은 채! '미안해. 이런 것밖에 해 주지 못해서. 하지만, 너를 사랑하는 내 마음은 영원히 변하지 않을 테니까.' 같은 청혼을 해 주시는 것으로 만족하니까요! 그보다 아이를 겨우 둘만 낳는다고요? 이쪽에서는 그렇게 아이를 적게 가지는 게 보통인가요? 그렇다 한들 저는 아이는 최소한 넷은 가지고 싶어요! 그래야 안심이 되니까요!"

그리고 세희는 어깨를 들썩이며 씩씩거리는 소희를 올려다

본 뒤.

승리자의 미소를 지으며 말했다.

"아, 그렇습니까?"

소희가 굳었다.

한눈에 봐도 자신이 무슨 실수를 했는지 깨닫고, 이 상황을 수습할 수 있는 방법을 열심히 생각해 보고 있는 것 같지만…….

그게 그렇게 쉬우면 엎질러진 물은 두 번 다시 담을 수 없다는 말이 있겠어?

"그, 그건, 그러니까, 그게……."

결국 소희는 이러지도 저러지도 못 하고 나와 세희를 번갈아 보며 허둥지둥할 뿐이었다.

"이상으로 원고 측의 소희 님에 대한 신문을 마칩니다, 주인님, 부디 공정하신 판결을."

"아웃."

소희는 더 이상 변명도 못 하고 고개를 푹 숙인 채 다시 자리에 앉았다.

그래도 내가 아사달을 좋아한다고 착각했을 때처럼 도망치지는 않는구나. 3년 동안 성장을 한 걸까, 아니면 그때와는 부끄러운 이유가 다르기 때문일까.

하지만 지금 내가 뭐가 정답인지 신경을 쓸 상황은 아니지.

아직도 머릿속에 풀리지 않는 의문이 남아 있으니까.

이상하다.

나를 어느 정도 알고 있을 소희라면.

인간의 왕으로 선택된 소희를 짧게나마 지켜본 내가 그런 부탁을 할 인간이 아니라는 것 정도는 예측할 수 있었을 거다.

내가 사하 영주도 아니고 말이야.

그런데 내가 처한 현실은 이렇다.

……이해가 안 돼.

그래서 나는 귀까지 붉어져서 눈도 제대로 마주치지 못한 채 드레스만 움켜쥐고 있는 소희에게 말했다.

아니, 말하려고 했다.

"그에 대해서는 주인님께서 고민하실 필요가 없습니다."

나는 의심에 가득 찬 눈으로 세희를 보며 말했다.

"왜?"

세희는 고개를 돌려 내 책상 위를 올려다보았다. 자연스레 내 시선도 그쪽으로 향했고, 거기에 있는 작은 모래시계를 다시 한번 볼 수 있었다.

위에 있던 모래가 거의 다 내려온 모래시계를.

신기하네. 방에 들어온 지도 꽤 시간이 지났고, 저렇게 작은 모래시계면 벌써 모래가 아래로 다 내려오고도 남았을 텐데.

그런 내 의문을 알았는지 세희가 아무것도 아니라는 말투로 툭 말을 내뱉었다.

"잠시나마 시간의 흐름을 늦추는 요술 도구입니다. 정신과 시간의 방의 축소판을 만드는 용도라 생각하시면 편하죠."

"아무것도 아닌 게 아니잖아!"

"아무것도 아니라고 말씀드린 적은 없습니다만."

……그랬죠.

"오히려 한번 사용하기 위해서는 천 년간 지속적으로 요력을 주입해야 하는, 그럼에도 10분을 쓰지 못하는 효율 나쁜 도구입니다."

처, 천 년이나?

그런 걸 지금 사용했다는 건, 세희도 나름대로 소희에게 미안한 마음을 가지고 있는 걸지도 모르겠다.

그리고 시간의 흐름을 느리게 만드는 요술 도구는 수치심에 제대로 된 사고를 할 수 없게 된 소희의 관심을 끌기에도 충분했다.

"시간의 축을 비틀 수 있는 아티팩트라고요?"

"그렇습니다."

"도, 도대체 그런 걸 어디서 구하셨죠, 세희 님?"

"제가 만들었습니다."

눈이 동그랗게 변한 소희가 자그마한 입술이 살짝 벌릴 정도로 놀랐다가, 이내 감탄 섞인 한숨을 내쉬고서 세희에게 말했다.

"……세상에, 말도 안 돼요."

"그렇게 말씀하시는 소희 님도 시간만 있다면 충분히 만드실 수 있습니다."

대략, 4천 년 뒤에.

말하지 않았지만, 내 귀에는 분명 세희의 목소리가 들렸다. 실제로는 다른 말을 하고 있지만.

"허나, 지금 중요한 건 제 잔재주를 통해 마련한 시간도 이제 곧 끝이 다가왔다는 것입니다. 이런 상황에서……."

모래시계를 통해 나의 관심을 끌고 소희의 동경에 가까운 시선을 받고 있는 세희는, 목소리에 힘을 주고서 말했다.

"소희 님께서 **잘못된 판단**을 내리게 된 이유를 듣는 건 시간 낭비에 불과하니까 그렇습니다."

그래서 인정했다.

이 정도면 인정할 수밖에 없었다.

"저 역시 **미숙한 시절**이 있었기에 이해합니다. 자신만의 **망상**에 빠져, 현실을 바로 보지 못하고, 자신이 실수할 수 있다는 가능성조차 배제한 채, 그야말로 눈을 가리고 돌진하는 어리석고 **우둔한 짐승**처럼. 그렇습니다. 지금의 소희 님처럼 실수를 한 적이 있기에 이해할 수 있습니다."

세희의 삐뚤어진 성격을.

"하지만 지금은 자신에게 큰 은혜를 베푸신 주인님께서 사람이라면 무릇 가져야 할 양심이 있다면 그 무슨 말이라도 마땅히 따라야 하는 자신에게 도움을 청하실 정도이니, 당신에게 상당히 곤란하고 괴로운 일이라 결론 내린 뒤. 주인님의 부탁임에도 자신이 고민에 고민을 거듭할 일이라고 한다면 인간의 왕과 관련되어 있을 것이라 생각한 후, 주인님을 대신하여 무리하면서까지 차원을 넘어 온 치이 님과 폐이 님을 통해 주인님께서 요괴의 편에 서서 인간과 요괴가 공존할 수 있도록 노력하실 것이라 예측하시고, 요괴의 편에 선 주인님과 인간의 왕이 맺어져 태어난 아이를 통해 조금이라도 두 종족의 사이를 원활하게 만들고자 하는 것이 주인님의 뜻이라고 착각하신 소희 님의 그릇된 추측을 들어 드릴 시간은 없습니다."

인간을 조롱하는 데 쏟는 정성을.

"애초에 그럴 거면 왜 주인님께서 소희 님과 아이를 가지겠습니까? 소희 님께서 다른 대요괴와 아이를 가지는 것이 더 효율적이고 효과적인 것을."

나는 인정할 수밖에 없었다.

"그야말로 사랑에 빠진 소녀가 자신에게 주어진 정보를 제멋대로 왜곡하여 만들어 낸 헛된 망상이나 다름없군요."

혀끝으로 사람을 죽일 수 있다는 사실을!

"하지만 이해합니다. 저도 그와 비슷한 실수는……. 이런, 실례. 죄송합니다만, 이 정도의 착각은 해 본 적이 없습니다."

그리고 나라면 울면서 엎드려 그만해 달라고 빌 것 같은 독설을 그대로 들은 소희는…….

"으읏, 으으으읏, 흐으읍."

눈물이 주렁주렁 맺힌 채 두 손을 움켜쥐고 부들부들 떨고 있었다.

그 모습이 마치 자기가 잘못을 저질렀다는 것은 알고, 반성도 하고 있지만 그에 대한 벌이 너무 과했을 때 어린아이가 억울해서 눈물을 꾸욱 참고 있는 모습과 비슷해 보였다.

이럴 때 옆에서 누가 콕 찌르면 가슴 속에 복받쳐 오르는 울화를 참지 못하고 진심으로 주먹을 날릴 수밖에 없게 된다.

……사촌 동생들에게 당해 본 경험담입니다.

어쨌든 이럴 때 장난을 치거나 농담을 하면 불난 집에 기름을 붓는 거나 다름없기에, 나는 조심스럽게 세희에게 말했다.

"대신 사과할게, 소희야. 미안. 세희가 좀 말이 험한 편이라. 내가 꼭 주의를……."

"아니요."

드레스 소매에서 꺼낸 자수가 들어간 흰 손수건으로 눈물을 찍어 내듯 닦은 소희는, 살짝 충혈된 눈으로 세희만을 똑바로 바라보며 말했다.

"세희 님 때문이 아니에요. 이쪽 세계의 제가 성격이 많이 비틀렸을 거라는 건 예상하고 있었고, 마음의 준비도 충분히 했고요. 지금 제가 분한 건, 올바른 예상을 할 수 있는 충분한 정보를 가지고 있음에도 불구하고 상황을 객관적으로 바라보지 못하고 그릇된 판단을 한 것으로 모자라 **성훈 씨의 아이를 가지고 싶다**는 개인적인 욕망 때문에 무의식적으로 그에 대한 일말의 의심조차 하지 않은 제 어리석음을 세희 님께 지적당하고 나서야 깨달았기 때문이에요. 저는 그저 그게 분해요."

그 기분은 나도 안다.

충분히 자기가 할 수 있다고 생각하는 일을 하지 못했을 때 느껴지는 자기 자신에 대한…….

아니, 잠깐만. 지금 소희의 말에 공감하고 있을 때가 아닌 것 같은데?

지금 소희가 지나가면서 아무렇지 않게 무시무시한 말을 꺼내지 않았나? 내가 잘못 들은 거야?

"이제라도 깨달으셨다니 다행입니다, 소희 님."

소희의 고해 성사에 비슷한 이야기를 듣고 세희가 무언가 만족한 미소를 지은 걸 보니 내가 잘못 들은 게 맞는 것 같다.

비록 눈은 붉고, 눈가에 살짝 눈물 자국이 남아 있지만 눈 빛만은 밤하늘의 북극성보다 밝게 빛나는 소희가 말했다.

"가르쳐 주세요, 세희 님. 지금 성훈 씨가 어떤 상황에 처했고, 저는 무슨 도움을 드리면 되는 거죠?"

그때.

모래시계 안의 마지막 한 알이 좁은 통로를 지나갔다. 모래시계를 세워 놨을 때처럼 아무런 위화감도 느껴지지 않았지만, 세희는 자리에서 일어나며 말했다.

"주인님께서 직접 설명해 주시는 방법도 있습니다만, 흥부전의 독후감을 '흥부에게 진정으로 필요했던 것은 제비가 물어다 주는 박씨가 아닌 스스로의 권리를 주장하기 위한 혁명의 불꽃이었다. 일어나라, 노동자여! 깨어나라, 프롤레타리안이여!'라고 써서 제출하셨다가 재벌 2세인 나래 님과의 사이가 한동안 소원해지셨던, 실례, 안 좋아지셨던 분께 맡길 수는 없는 일."

"아니, 왜 그런 부끄러운 옛날 일을 꺼내는데?!"

그것 때문에 학교에 오게 된 아버지는 역시 중학생이라면 이 래야지, 하면서 심각한 표정의 선생님 앞에서 웃어 넘겼지만!

"……웃."

그리고 소희야, 너는 왜 신음을 흘리며 떨리는 눈으로 나를 보니?

내 과거를 함부로 폭로해서 분위기를 쑥대밭으로 만든 세희 는, 당연하다면 당연하겠지만 나와 소희를 조금도 신경 쓰지 않으면서 자기 할 말만을 했다.

"안타깝게도 저 또한 급한 용무가 있어 설명해 드릴 여유가 없습니다. 그러니……."

세희가 팔을 방바닥으로 향한 채 소매를 털자.

후두두둑.

대충 봐도 10권은 넘어 보이는, 아니지, 20권은 넘게 보이 는 책들이 내 방에 차곡차곡 쌓였다.

"제가 쓴 주인님의 자서전을 읽고서 직접 알아보시지요."

"아!"

왜일까요. 소희의 눈동자가 랑이와 비교해도 뒤지지 않을 정도로 반짝반짝 빛나는 건.

"역시 성훈 씨는 대단하신 분이셨군요! 벌써 자서전까지 집 필하실 정도로!"

"오해다."

나는 딱 잘라 말했다.

"그건 세희가 심심풀이로 쓴 거야. 안 그러냐?"

동의를 구하기 위해 세희를 향해 고개를 돌렸지만.

"예, 오랜만입니다. 안녕히 지내셨는지요. 예, 거두절미하고 말씀드리자면, **지금 꽤나 위험한 상황에 처하실 것 같기에** 연락드렸습니다."

이 방할 녀석은 공손한 목소리로 누군가와 전화를 하며 방문을 열고 밖으로 나갔다.

"아니요."

그게 누구인지 궁금하다는 생각이 들었지만, 지금은 소희의 확신에 찬 반박을 듣는 게 먼저였다.

"저 역시 글을 쓰는 건 좋아하지만, 심심풀이로 펜을 드는 일은 없어요. 그것도 이렇게 많은 권수를 채울 정도로요."

소희의 모습을 보고 있자니 살짝 장난기가 고개를 들었다.

"망상으로 대하 역사 소설을 썼다며?"

"으으읏!!"

효과 확실하구만.

소희가 볼을 붉게 물들이며 눈썹을 추켜세우며 말했다.

"그건 망상이 아니라 높은 가능성을 가지고 있는 미래에 대해서 제 안의 생각들을 소설이라는 방법을 통해 정리했을 뿐이에요!"

키는 자랐지만 아직 아이 같아 보이는 그 모습에 나는 소희의 머리가 흐트러지지 않을 정도로, 조심히 쓰다듬으며 말했다.

"그래, 그래."

살짝 볼을 부풀린 채 불만 섞인 시선으로 나를 올려다보던 소희는, 이내 작은 한숨과 함께 불만을 내쉬고서는 평정을 되찾은 채 말했다.

"……너무 어린애 취급하시는 거 아닌가요? 이젠 저와 나이 차이도 별로 안 난다는 걸 잊지 말아 주세요, 성훈 씨."

이 녀석 봐라?

"그래서 몇 살인데?"

"14살이에요. 참고로 제가 살던 곳에서는 13살이면 성인으로 인정받고, 저 역시 작년에 성인식을 치렀어요."

"어, 그래. 참고로 난 17살인데, 아직 미성년자다. 참고로 이쪽에서는 **20살이 되어야 성인으로 인정**받는다는 걸 기억해 둬."

"……."

비록 자라 온 환경이 다르고 과거가 다르다 해도, 세희와 소희의 근본은 같다.

나는 소희의 깊고 고요한 검은색 눈동자 속에서 분노의 씨앗이 불꽃으로 싹트려는 것을 눈치채고 슬쩍 머리 위에서 손을 치우며 말했다.

"그러면……."

"자서전."

"……응?"

"지금 당장 성훈 씨의 자서전을 읽어 보고 싶어요."

조금 전과는 다른 의미로 빛나는 눈동자를 보며 나는 등 뒤로 식은땀이 흘러내리는 걸 느꼈다.

"그래야만 성훈 씨께 무슨 일이 있었는지, 제가 무엇을 해야 하는지 알 수 있을 것 같으니까요."

……그러고 보니 정말 놀랍게도 지금까지 소희에게 가장 중요한 일을 말하지 않았구나.

"아니, 그럴 필요 없이 내가……."

"죄송해요, 성훈 씨."

내 말을 딱 자른 소희는 손에 든 책을 펼치며 이쪽을 향해 시선 한 번 주지 않으며 말을 이었다.

"지금은 조금 집중하고 싶어요. 조용히 해 주시겠어요?"

그 모습이 마치 MMORPG 게임의 레이드에 집중하고 있는 세희를 닮아서 나는 슬쩍 자리를 비켜 주기로 했다.

"알았어."

내 방이지만.

"그래도 바닥에 앉아서는 책 읽는 데 불편할 테니까 책상을 써."

방 주인으로서 나름 배려를 해 준 거였지만 소희의 시선은 책에서 떨어지지 않았다.

음.

소희의 옆모습을 보니 일부러 못 들은 척한 게 아니라, 정말 독서에 집중하고 있는 것 같다.

책을 읽는 건지 마는 건지 알 수 없을 정도로 빠르게 종이를 휘리릭 넘기고 있는 걸 보니까 말이지.

내가 더 이상 뭐라고 말해 봤자 방해밖에 안 될 것 같기에, 나는 조용히 방에서 빠져나왔다.

에구구.

슬쩍 돌려 말한다는 게 잠자는 랑이의 꼬리를 깨물어 버린 것 같네.

"하아……"

나는 옅은 한숨을 내쉰 뒤, 나래의 방으로 향했다.

＊　＊　＊

"안 돼."

……어째서인지 노크를 하자마자 기다리라는 말과 함께 밖으로 나온 나래에게 거절당했습니다.

"응?"

"뭐가 응, 이야?"

나래가 팔짱을 끼고서, 스웨터로 가려진 풍만한 가슴을 더욱더 돋보이게 만들며 내게 말했다.

"지금 랑이하고 바둑이가 돌봐 주고 있으니까 당연히 안 되지."

"아직도?"

나래는 살짝 입을 벌렸다가, 이내 상냥한 미소를 지으며 내게 말했다.

"성훈아, 치이하고 페이가 걱정되는 건 알겠지만, 둘 다 지친 것뿐이니까 마음 좀 편하게 가지고 기다려. 애초에 아세희

155
세 번째 이야기

하고 만난 지 얼마나 됐다고 벌써 왔어? 오랜만에 만났는데, 섭섭해하겠다."

……아, 맞다. 모래시계. 그걸 깜빡하고 있었네.

"그보다 지금 내가 방에 간 지 몇 분이나 지났어?"

내가 평소 질문에 질문으로 답하는 경우가 거의 없기에 나래도 뭔가 이상한 걸 느꼈는지 고개를 갸웃거리면서도 순순히 대답해 줬다.

"글쎄? 한 5분 정도 되지 않았나? 그런데 왜 그래? 무슨 일 있었어?"

"아니, 별건 아닌데……."

나는 방에서 있던 일을 나래에게 간략하게 설명했다.

세희가 만든 시간이 느리게 흐르는 모래시계를 썼다는 것.

아세희를 앞으로 소희라 부르기로 한 것.

그리고 소희가 지금 내가 처한 상황을 자세히 파악하기 위해 세희가 쓴 책을 읽고 있다는 것.

내 이야기를 모두 들은 나래는 어이없다는 듯 한숨을 쉬고서는 말을 이었다.

"정말 재주도 좋아, 걔는."

"저도 그렇게 생각합니다."

세희가 갑자기 소매 속에서 늑대 두 마리를 꺼내서는 하늘의 해와 달을 삼키라고 시켜도 이상할 것 같지 않다는 게 문제지.

"조금만 기다려. 랑이하고 바둑이가 하는 걸 보니까, 거의

다 끝난 것 같으니까. 그런데⋯⋯."

말을 하다 말고 나래가 깊은 한숨을 내쉬었다.

"정말, 보고도 못 믿겠다니까? 그런 게 효과가 있다는 게 신기할 정도야."

주어가 생략됐지만, 나는 나래가 무엇에 대해 이야기하는지 금방 알 수 있었다.

"그렇지? 나도 당해 봐서⋯⋯."

"그래도 그런 방법은 좀⋯⋯."

나와 나래의 목소리가 겹치고.

나는 어색한 침묵과 날카로워진 나래의 시선을 피해 슬며시 고개를 돌려 하얗게 눈이 덮인 산을 바라보았다.

"흐응~."

겨울의 산은 그저 바라보기만 하는 것으로도 마음이 차분하게 가라앉는 신기한 매력을 가지고 있는 것 같군.

"흐으으응~."

바로 코앞까지 다가온 나래의 날카로운 시선을 가려 주기에는 너무 멀리 있다는 게 문제지만!

나는 결국 백기를 들었다.

"옛날 일입니다. 옛날 일!"

"어쨌든 랑이가 널 핥아 줬다는 거네?"

그렇죠.

"구석구석?"

예, 그렇습니다!

그렇게 대답은 못 하고 눈동자만 슬쩍 돌리고 있자니, 다시 몸을 뒤로 뺀 나래가 장난기 가득한 목소리로 말했다.

"그럼 나도 핥아 봐도 돼? 이곳저곳 핥아 보고 쪽쪽 빨아 보고 싶은 데가 많은데."

……갑자기 훅 들어오시네요, 나래 님.

"당연히 안 됩니다."

지극히 정상적인 반응에 나래는 볼을 빵빵하게 부풀리고서는 애교 섞인 목소리로 투정 부렸다.

"아~, 치사해~! 랑이는 되고 나는 안 되는 게 어디 있어!"

그 모습이 귀여워 보였지만, 속으면 안 된다.

여기서 잘못 대답했다가는 무슨 꼴을 당할지, 그로 인해 이성을 잃은 내가 무슨 짓을 할지 모르니까.

그렇기에 나는 마침 불어오는 차가운 바람에 몸과 마음을 최대한 식힌 뒤 나래에게 말했다.

"애초에 그때는 내가 크게 다쳐서 정신을 잃었던 때라 불가항력이었……."

나는 잠깐 숨을 들이마시고서, 최대한 목소리가 떨리지 않도록 노력하며 말했다.

"저기, 나래 님?"

"응?"

"아니죠?"

"괜찮아, 성훈아. 딱 기절만 할 정도로 힘 조절할 테니까."

그렇게 말씀하시는 나래 님의 주먹에는 너클이 쥐여 있었습니다. 이야, 오랜만에 뵙는데도 반짝반짝 빛나시는 게 지금 당장이라도 반인반선의 머리통 하나 정도는 가볍게 박살 낼 수 있으실 것 같네요.

그래서 나는 슬금슬금 뒷걸음질 쳤고, 그 모습을 본 나래는 피식 웃음을 흘리며 너클을 가슴골에 집어넣으며 말했다.

"농담이야, 농담. 얘는? 그렇게까지 겁먹을 필요는 없잖아?"

나는 그 이유를 말하려다가, 모든 것이 나의 원죄에서 비롯된다는 사실을 떠올리고서는 조용히 입을 닫았다.

그저 겨울의 푸른 하늘을 바라볼 수밖에.

시베리아 기단의 영향을 받은 오늘의 한국 날씨는, 미세 먼지를 걱정할 필요 없이 너무나 맑았습니다.

춥지만.

"그래서?"

"응?"

다시 고개를 돌리자 나래도 온기를 찬바람에 모두 빼앗겼는지, 두 손으로 양팔의 위쪽······ 어, 그러니까 상완이라고 하던가? 그 부분을 손으로 잡으며 말했다.

"이제 소희라고 부르기로 했지? 소희 말이야, 혼자 놔둬도 정말 괜찮겠어? 네가 옆에 있는 편이 좋지 않아?"

우리 나래 님께서는 두 팔로 누르고 있어도 그 존재감을 숨기지 못하는 가슴만큼 마음도 넓으신 것 같습니다.

"괜찮아. 책 읽는 데 집중하는 걸 보니까 오히려 옆에 있는 게 방해인 것 같았거든."

이상하다. 나는 분명 있는 그대로의 사실을 말했을 뿐인데, 왜 나래의 눈가가 좁아지는 걸까.

"흐음…… 뭔가 이상한데…… 아무리 책을 좋아해도 오랜만에 만난 거잖아? 그러면 뭘 하든지 간에 너하고 같이 있고 싶어 하는 게 당연한 거 아니야?"

뜨끔.

방 안에서 있었던 일을 대략적으로만 전했기에 소희가 책에만 집중하게 된 이유를 모르는 나래지만, 소꿉친구가 괜히 소꿉친구겠는가.

아니, 목소리만 듣고도 거짓말을 판단하는 소꿉친구가 보통 소꿉친구겠는가.

나는 그저 있는 그대로의 사실을 입에 담았다.

"꼭 그렇지만도 않겠지. 내가 옆에 있으면 그동안 무슨 일이 있었냐고 계속 물어볼 테니까. 왜, 세희도 게임할 때 옆에서 방해하면 화내잖아."

게임을 하고 있을 때 코드를 뽑으면, 아무리 장난을 친 게 랑이라도 조금은 평소보다 목소리가 높아지지 않을까?

제가 하면요?

그날로 저는 세희가 추천했던 추리 만화에서 나온 조역처럼, 남극에서 펭귄 깃털을 모아 이불 하나를 만들 때까지 돌아오지 못하는 형벌을 받게 되겠죠.

어쨌든 나래는 내 변명 아닌 변명에 살짝 눈웃음을 지으며 내게 말했다.

"흐음~ 그 정도로 넘어가 줄게."

결국 의미 없는 변명이었기에, 나는 슬쩍 화제를 돌렸다.

"그보다 얼마나 기다려야 해? 오래 걸리면 옷이라도 가져오게."

금방 나래의 방에 들어갈 줄 알았기에, 나는 패딩을 안 입고 나왔다.

덕분에 지금 꽤 춥습니다.

"아, 그러네."

나래도 내 가벼운 차림을 눈치챘는지 살짝 눈을 크게 뜬 뒤.

"나도 추운데 잘됐다."

입고 있는 스웨터의 아랫부분을 손으로 잡아 내 쪽으로 쭈욱 늘어뜨리며 말했다.

"들어와."

나래의 체온으로 덥혀진 온기가 차가운 겨울 공기에 식는 것을 두고 볼 수 없었던 마음이 불끈 솟아올랐지만!

소시민으로서 자라 온 나는 다른 생각을 먼저 입에 담았다.

"옷 늘어나는 거 아냐?"

나래가 나를 한심하게 내려다보며 말했다.

"……이럴 때 그런 생각부터 하는 사람은 세상에 너 하나뿐일 거야."

아, 물론 다른 생각도 했죠.

과연 저 덫에 제 발로 들어가도 될지 그에 대한 고찰 말입니다.

저 따스하고 포근하며 고양이들이 좋아할 것 같은 공간에 고개를 들이미는 건, 겨울잠을 자고 있는 곰이 있는 동굴에 꿀을 바르고 제 발로 걸어 들어가는 것과 같으니까.

그러나 거절할 수 없는 제안.

거부할 수 없는 유혹.

저 안으로 들어가면 얼마나 따스할까.

얼마나 푹신할까.

얼마나 나래를 느낄 수 있을까.

지금 당장이라도 마음 속 깊은 곳에서 불타고 있는 내 욕망에 따라 구멍 속에 머리를 집어넣고 싶다는 생각이 들지만…….

세희에 의해 반강제적으로 가난하게 자라 온 저는 옷이 늘어나는 것 때문에 쉽게 움직일 수 없었습니다.

그런 내 고민을 나래도 눈치챈 것 같다.

"괜찮아. 원래 잘 늘어나는 옷이니까."

나래는 보란 듯이 몇 번이나 옷소매를 당겨 보이며 스웨터의 신축성을 보여 줬다.

"그보다 나도 추워! 빨리 들어와! 이러다가 내가 먼저 감기 걸릴 것 같으니까!"

거짓말이 아닌지, 나래가 살짝 몸을 떨었다.

안 그래도 추운 날씨에 스웨터를 몇 번이나 펄럭였으니 그럴 만도 하지.

그래, 이런 시기에 감기라도 걸리면 큰일이잖아?

"그럼 실례하겠습니다."

나는 욕망으로 이성을 속이며 몸을 숙이고 머리부터 나래의 스웨터 안으로 들어갔다.

내 머리가 나래의 가슴팍 정도에 왔을 때.

"에잇~!"

범죄자의 손목이 채워지듯, 나래가 내 몸을 두 팔로 강하게 끌어안았다!

"속았지?"

"우읍?!"

가슴이?! 나래의 가슴이!

향기로운 채취와 따스한 체온, 그리고 물 풍선보다 몰캉몰캉한 감촉과 자기 존재를 드러내는 무언가가 내 안면을 점령했다!

덕분에 다른 생각은 아무것도 할 수 없었다.

아니, 그건 거짓말이다.

욕망에 몸을 맡긴 채 허둥대기만 하고 있는 손을 움직여 나래의 앙, 아니, 양쪽 가슴을 주무르고 싶다는 생각이 들었으니까.

아니, 이것도 거짓말이다.

이건 생각이 아니라 본능이니까.

"그래도 이제 좀 살 것 같다. 안 그래, 성훈아?"

"응."

나래의 말은 사실이었다.

백지장도 맞들면 낫다고, 두 명이 몸을 맞대고 있는 편이 추위를 극복하는 데 효율이 더 좋았으니까.

사실 가장 좋은 건, 따듯하게 난방을 하고 있는 방 안으로 들어가서 이불이 깔려 있는 뜨끈한 아랫목에 앉는 게 제일이지만.

이모께서 알려 주시기를, 전기밥솥이 없던 옛날에는 그 안에 커다란 밥공기를 넣고 보온을 했다고 한다.

그리고 나는 그 거꾸로 엎은 밥공기보다 큰 나래이 두 기슴 사이에서 얼굴을 녹이고 있고.

아…… 천국이 있다면 바로 여기가 아닐까.

"흐웃~."

하지만 나는 조금이라도 더 편한 자세를, 정확히 말하면 조금이라도 더 지금의 상황을 만끽할 수 있도록 몸을 틀었을 때 나래가 몸을 움찔 떨며 내뱉는 신음과도 같은 소리에 번쩍 정신을 차렸다.

이, 이 바보 같은 녀석! 눈앞의 농익은 달콤한 과실에 눈이 멀어 현실에 안주해 버리려고 하다니!

나는 마음속 어디선가 들려오는 '그래도 상관없잖아~' 같은 악마와 같은 유혹을 물리치며 머리를 위로…….

위로…….

"아, 흐웃, 잠깐, 성훈아. 목은, 으응, 그렇게 안 늘어나."

자기 의도와는 달리 신체 일부분이 격렬한 상하 운동을 하게 된 나래가 비음 섞인 목소리로 말했다.

그, 그래. 목 소매가 좁은 거지, 절대 내 머리가 커서 그런 건 아니다. 애초에 스웨터라고 해도 저기서 머리가 나올 수 있으려면…….

우리 집에서는 나 빼고 다 되겠군. 성의 누나도 머리를 풀면 충분히 가능할 것 같으니까.

어쨌든 나는 들어왔던 곳으로 다시 나왔다.

거짓말처럼 따듯하던 나래의 품에서 벗어나자 몸이 살짝 떨려 왔지만, 그래도 강철 같은 이성이 녹아내리는 것보다는 뼈가 시리는 겨울바람으로 철옹성을 쌓는 게 낫겠지.

"후우, 후우……."

그런데 아무리 서늘한 겨울바람도 나래의 볼에 떠오른 홍조는 앗아 가지 못하고 있었다.

"여기까지 와서 참으라는 건 아니지, 성훈아?"

아니, 뭔가 스위치가 켜진 것처럼 눈동자가 번쩍이는 게, 이대로 가만히 있다가는 나중에 세희가 이 부분을 소설로 썼을 때 꽤나 문제가 생길 것만 같다.

그래서 나는 성큼성큼 나래에게 다가가서 나래를 꼬옥 끌어안은 뒤.

"랑이야~ 언제쯤 끝나~?"

바로 앞에 있는 방문의 너머를 향해 외쳤다.

"으냐아? 언제든지 들어와도 되느니라!"

"그래?"

나는 랑이의 확답을 듣고서 나래와 살짝 떨어진 뒤.

"……."

어이없어하는 건지, 화를 내는 건지, 체념한 건지, 웃는 건지, 이 상황을 그저 받아들인 건지 모를 표정을 짓고 있는 나래에게 말했다.

"아무리 그래도 이런 상황에서 그러는 건 좀 아닌 것 같아서 말이야."

이런 상황. 듣기에 따라 여러 가지로 해석될 수 있는 말이다.

나는 치이와 페이가 나 때문에 무리를 해서 지쳐 쓰러져 있는 상황, 그리고 내가 스스로 한 약속을 지키기 위해 노력해야 할 상황을 염두에 두고 말했지만.

"정말, 넌 잔머리도 잔머리지만……."

그리고 나래는 질렸다는 듯 고개를 절레절레 흔들며 말했다.

"고집 하나는 진짜 세다니까."

"그러게 말이죠."

나는 피식 웃고서는 나래와 함께 방 안으로 들어가려 했지만.

"나는 잠깐 나가 봐야 해서."

나래는 그렇게 말하며, 가슴 사이로 손을 집어넣어 롱 코트를 꺼내 어깨에 둘렀다.

나는 그것만으로도 무슨 일인지 알 수 있었지만, 그래도 확인해 보고 싶었다.

"곰의 일족 일?"

세희도 곰의 일족 누님들이 바빠졌다고 했고, 누군가에게 경고까지 해 준 걸 봐서 뭔가 일이 생긴 것 같았으니까.

"응. 누구누구 씨 덕분에 **점수 딸 일이 생겼거든.**"

내 안의 나래는 언제나 만점이다.

그 사실을 모를 나래가 아니기에, 점수를 딴다는 말이 조금 이해가 안 됐지만 지금 중요한 건 그게 아니지.

"고마워, 나래야."

"고마우면 잘해, 성훈아."

나는 나름 뼈 있는 말을 하는 나래에게 내 마음을 조금이나마 몸으로 표현한 뒤.

"……이런 뜻은 아니었는데 말이야."

추운 날씨에도 불구하고 체온이 높아진 나래를 배웅한 뒤, 방 안으로 들어갔다.

* * *

나래의 방 한가운데에는 치이와 페이가 두 눈을 감고 이불 속에 누워 있었고, 그 양옆에 랑이와 바둑이가 앉아 있었다.

내가 들어오자마자 자리에서 벌떡 일어났지만.

"성훈아, 아세희하고 이야기는 모두 끝난 것이느냐?"

"오셨어요, 도련님?"

나는 반겨 주는 랑이와 바둑이를 두 팔로 받아 주며 말했다.

"응. 그런데 치이하고 페이는?"

겉으로 보기에는 곤히 잠들어 있는 것처럼 보이지만 혹시나 해서 물어본 내게 랑이와 바둑이가 밝은 목소리로 대답했다.

"둘 다 괜찮아요!"

"조금 지쳐 있을 뿐이니라. 하룻밤 푹 자고 일어나면 쌩쌩해질 것이니라! 그러니까!"

랑이가 갑자기 품에서 벗어나서는 내 허리를 잡고는 휘릭~!

"그러니까 치이와 페이는 걱정하지 말고 성훈이는 성훈이가 할 일을 해도 되느니라."

내 몸을 뒤로 돌리려 했다.

"응, 싫어."

있는 힘껏 몸에 힘을 줘서 버텼지만.

"으으웃! 으으으웃!! 으냐냐냣!"

그런 나를 랑이가 용을 쓰며 몸을 돌리려 했지만!

하하핫! 그동안 운동을 했던 보람이 있군!

나는 결국 제풀에 지쳐 어깨를 축 늘어뜨린 채 헥헥 숨을 내쉬는 랑이에게 보란 듯이 허리에 손을 올리고 가슴을 피며 미국 만화 영화 속 주인공처럼 빛나는 미소를 지으며 말했다.

"왜 그래, 랑이야?"

아무것도 모르겠다는 듯 의뭉 떠는 내 장난기 가득한 목소리에 축 늘어져 있던 꼬리가 발딱 서는 것과 함께 랑이가 몸을 쭉 펴고서는 나를 올려다보며 외쳤다.

"성훈이가 있는 힘을 다해서 버티니까 그런 것 아니느냐!"

억울하면 요력이라도 써라.

……그런데 갑자기 궁금해지네. 랑이가 있는 힘껏 요력을 써서 내 몸을 돌리려고 하면 어떻게 될까?

내 몸이 회오리처럼 돌아갈까? 아니, 내 몸이 뒤로 돌아가는 정도에서 끝날까? 그것도 아니라면, 내가 버틸 수 있을까?

"저도 도와 드려요, 주인님? 있는 힘껏 도련님 허리를 돌리면 되는 놀이죠?"

확실한 건 바둑이가 있는 힘을 다하면, 내 허리가 퐁~ 하고 돌아가며 날아가는 음료수 뚜껑처럼 될 거라는 거다.

랑이도 나와 같은 생각인지, 꼬리와 귀의 털을 바짝 세우며 손을 내저었다.

"으, 으냐앗? 그러지 말거라, 바둑아. 성훈이하고 노는 게 아니니까 말이니라."

"우웅…… 재밌어 보였는데, 아쉬워요……."

바둑이가 살짝 아쉬워하는 눈으로 나를 올려다보았다. 그 모습이 마치 자기만 빼놓고 놀고 있는 친구들을 바라보는 어린아이의 모습처럼 보여서 마음이 아렸지만…….

제 몸은 소중하니까요.

아, 오해는 하지 말아 줬으면 한다. 바둑이가 정말로 내 몸을 그런 공포 영화에서 나올 법한 모습으로 만들 리가 없다는 건 나와 랑이도 알고 있으니까.

하지만 그렇다고 내 허리에 살짝 무리가 갈 가능성이 없다는 건 아니다. 정말 낮은 확률이겠지만, 내가 한 안 좋은 상상은 꼭 현실로 일어나더라고.

그래서 나는 잽싸게 화제를 바꿨다.

"어쨌든 랑이야. 지금 내가 시간이 없긴 하지만, 그래도 날 위해서 치이와 페이가 힘들게 멀리까지 갔다 왔잖아? 그런데 얼굴도 안 보고 가는 건 좀 아닌 것 같아서 그래."

적어도 이마에 흐르는 침…… 이 아니라, 땀 정도는 닦아
줘야 양심의 가책을 덜 느낄 것 같다.

그런데 이야기를 듣고 있던 바둑이가 고개를 좌우로 갸웃거
리며 내게 말했다.

"하웅? 하지만 치이하고 페이는……우읍?"

"으, 으냐앗!"

순식간에 움직인 랑이의 손에 입이 막혀서 중간에 끊겼지만.

"하, 하지만 치이하고 페이는 분명 괜찮을 거라고 생각할 것
이니라! 웅! 분명히 둘 다 성훈이가 자기 일에 열심인 것을 좋
아할 것이니라!"

뭔가 랑이의 모습이 평소와 다르기에 나는 한쪽 무릎을 꿇고
앉아 눈높이를 맞추고서, 일부러 눈을 가늘게 뜨며 '지금 나는
너를 의심하고 있다~'라는 걸 표정으로 보여 주며 말했다.

"……그래?"

랑이는 그저 이 상황을 즐거워하는 바둑이의 입을 여전히
막은 채, 살짝 말을 더듬으며 대답했다

"으, 으응."

오호라, 그렇구나.

"마치 직접 들은 것처럼 말한다?"

"그, 그런 적 어, 없느니라~ 휘이~ 휘이~"

나는 큼지막한 땀방울을 흘리면서 어색한 휘파람을 불며 내
눈을 피하는 랑이를 지나쳐 치이와 페이의 머리맡에 앉았다.

"흐음……."

그리고 몸을 앞으로 숙인 채 그저 물끄러미.

그저 눈을 감고 있는 치이와 페이를 바라보았다.

고요한 방 안에서는 바둑이가 꼬리를 흔드는 소리와 숨소리만이 들려왔다.

그렇게 1분 정도 지났을까.

[포기하면 편함.]

결국 가장 먼저 흑기를 든 건 페이였다.

"아우우우, 의외의 복병이 있었던 거예요."

치이도 어쩔 수 없다는 듯 눈을 떴고.

하지만 두 녀석 다 일어나지는 않고 이불을 목까지 올린 채로 누워 있었다.

아, 오해할까 봐 말하는 건데.

절대로 '어딜 감히 어른이 말하는데! 어? 버르장머리 없이 누워 있어?!' 같은 의미로 말한 게 아니다.

불편해 보여서 그런 거지.

"누굴 속이려고, 이 녀석들아."

그래서 나는 가볍게 핀잔을 주고서 자리를 옮겨서 치이의 옆으로 자리를 옮겼다.

[거기 가면 잘 안 보이는 거임.]

그래서 페이의 옆으로 옮겼다.

"……."

말은 안 하지만 살짝 파닥이려다 만 귀 위 머리카락을 보고서 나는 가벼운 한숨을 쉬고 치이와 페이에게 말했다.

"앉아서 이야기하는 건 힘들어?"

그런데 왜일까.

나는 정말 문제될 일 없는 평범한 말을 했는데, 치이가 얼굴을 새빨갛게 물들이며 반박했다.

"꺄우우우?! 무, 무슨 소리를 하시는 건가요, 오라버니?!"

덕분에 머리가 상황을 따라가지 못하고 있을 때, 페이가 쓴 글이 눈앞에 떠올랐다.

[그렇게 보고 싶은 거임?]

그제야 나는 치이가 얼굴을 붉히고 페이가 능글맞은 미소를 지은 이유를 알 수 있었다.

그래! 나도 예전에 같은 일이 있었으니까!

"아, 아니……."

괜찮아, 라고 말하려고 했지만!

이미 페이가 몸을 일으켜 앉은 후였다.

다행인 건 페이가 이불을 잡고 일어나 앉은 덕분에 앞은 가려졌다는 거다.

문제가 있다면, 유려한 허리 곡선과 거기서 이어지는 탐스러운 엉덩이는 가리지 못했다는 것.

"꺄우우우우!!"

더욱 큰 문제는, 치이가 페이의 옆에 누워 있었다는 거지.

페이야 어느 정도 내게 장난을 치고 내 반응을 즐기기 위해서 이불로 앞이라도 몸을 가리고서 일어난 거지만…….

옆에 누워 있던 치이는 그야말로 아닌 밤중에 홍두깨를 맞

는 격이었다.

역시 새 요괴.

아직 어리고, 누워 있다 하더라도 그 나름대로의 존재감은 주장하는구나.

나는 그런 멍청한 생각을 하며 폐이에게 말했다.

"네가 그러면 안에 바람 들어가잖아. 치이 춥겠다. 다시 누워."

너무나 신사적인 반응에 폐이가 입을 떡 벌리며 글을 썼다.

[성훈이 고자라니이이!]

뒤의 글이 흔들린 건, 옆에 있던 치이가 한 팔로 가슴을 가리며 일어나 폐이의 목에 분노의 헤드락을 걸고서 아래로 내리찍었기 때문이다.

……목이니까 헤드락이 아닌가?

어쨌든.

[항복! 항복!]

폐이가 열심히 치이의 팔뚝을 손으로 쳐 보지만, 무슨 일이 있어도 영원히 옆에 있어 줄 친구는 쉽게 봐줄 생각이 없는 것 같다.

그 결과.

파르르르…….

폐이는 거품을 물며 눈이 돌아간 채 추욱 늘어졌고, 그제야 치이는 팔을 풀고서 얌전히 그 옆에 누웠다.

괜찮을까, 폐이? 정말 괜찮을까? 다시 랑이와 바둑이가 치료해 줘야 하는 거 아니야?

"오라버니."

그런 생각을 하고 있는 가운데, 치이의 고드름처럼 뾰족한 목소리가 내 귀에 꽂혔다.

"으, 응?"

"잊어 주시는 거예요."

"어, 응."

뭘 잊냐고 물어보기에는 치이가 풍기는 기운이 범상치 않다. 이럴 때는 내 한 몸이라도 지키는 게 낫겠지.

미안하다, 페이야.

"그리고 오라버니는 저희 걱정은 마시고 해야 하실 일에 집중해 주시는 게 좋은 거예요."

할 말이 생긴 나는 입을 열었고, 치이가 말했다.

"저하고 페이는 오라버니께서 찾아와 주신 것만으로 이미 충분히 기쁘니까요."

"그, 그래."

나는 전혀 기뻐 보이지 않는 그 눈빛에 거의 떠밀리다시피 방에서 쫓겨나고 말았다.

······몸을 녹이기도 전에 쫓겨난 거나 마찬가지라, 나는 빠르게 안방으로 향했다.

마음 같아서는 지금 막 지나간 내 방으로 들어가 잠깐 혼자서 쉬고 싶은 마음이 한가득이었지만, 소희가 독서에 한창이니까 말이죠.

그렇게 빠른 걸음으로 안방으로 걸어가고 있는데.

드르륵.

등 뒤에서 문이 열리는 소리가 들려서 나는 무심결에 뒤를 돌아보았다.

"아."

나를 보고 살짝 놀란 것 같지만, 이내 잘됐다는 듯 미소 짓는 소희가 있었다.

"잘됐네요, 성훈 씨."

그렇군.

아무리 소희라고 해도 벌써 책을 다 읽었을 리는 없고, 화장실이나 마실 걸 찾아서 밖으로 나온 거겠지.

"어, 그래."

나는 손으로 마당 건너편을 가리키며 말했다.

"화장실은 저쪽에 있어. 아, 맞다. 그쪽 세계하고는 사용법이 조금 달라서 당황할 수도 있겠네. 내가 가르쳐 주기에는 좀 그렇고……. 그래, 세희를 불러 줄게."

배려가 넘치는 내 제안에 소희가 살짝 볼을 붉히며 말했다.

"성훈 씨는 가끔 섬세한 건지 무신경한 건지 모르겠네요."

나는 나름대로 배려를 해 준다고 생각했지만 사춘기 소녀에게는 너무 직설적인 이야기였나 보다. 이럴 때는 모른 척하면서 궁금한 게 있다면 세희에게 물어보라고 하면서, 척척 만물박사님을 불러야 했구나.

음, 음. 오늘도 하나 배웠다.

"미안, 그러면 바로 세희를……."

"**그런 게** 아니라고 했어요, 성훈 씨."

소희의 목소리가 살짝 높아졌기에 저는 그저 조용히 입을 다물고, 침묵은 금이라는 말에 담긴 가르침을 따르기로 했습니다.

그게 정답이었는지, 소희는 낮은 숨을 내쉬는 것으로 살짝 올라간 어깨를 다시 내리며 내게 말했다.

"자서전, 모두 읽었거든요."

"……뭐?"

그 많은 걸 벌써 다? 몇 분이나 지났다고? 책 한 권 읽는 데 두세 시간은 필요한 나는 그 말을 믿을 수가 없어서 눈만 껌뻑이고 말았다. 그런 나를 바라보며 소희가 허리에 두 손을 올리고서 당당하게 말했다.

"왜 그렇게 놀라세요, 성훈 씨? 혹시 제가 누구인지 잊으신 건가요?"

나는 한껏 콧대가 높아진 소희에게 말했다.

"내가 자기 오빠를 좋아한다고 착각한 아이?"

"……웃?!"

불의의 일격에 신음을 토한 소희에게 나는 계속해서 말했다.

"아니면, 내가 이쪽 세상에 초대한 이유를……."

"아, 아무리 저라 해도 실수 한두 번 정도는 한다고요!"

수치심에 얼굴이 새빨개진 소희가 척! 손가락을 들어 나를 가리키며 말했다.

"그러는 성훈 씨도 지금껏 몇 번이나 실수를 해 왔잖아요!"

"그래서 난 언제나 다른 사람 앞에서 스스로를 낮추는 겸허한 삶을 살아가고 있지."

허리를 앞으로 숙이고 헤헷, 헤픈 웃음을 흘리며 두 손을 비비는 건 덤이다.

"……"

그런 내 모습을 차가운 눈으로 내려다보는 소희 때문에 그만둬야 했지만.

"……맘에 안 들어?"

그러면 안 되는데.

이게 내가 세상에서 가장 자신 있어 하는 거니까.

앞으로는 좀 더 목소리를 높이고 허리를 숙이며 과장되게 손을 비벼야 할까 고민하고 있는 내게, 소희가 불만 가득한 표정으로 말했다.

"그런 문제가 아니에요. 도대체 누가 지금의 모습을 보고 성훈 씨를 요괴의 왕이라고 생각할 수 있겠어요?"

아, 맞다. 소희는 지금까지 내가 요괴의 왕이라는 걸 모르고 있었구나. 내가 말한 적도 없고.

나는 피식 웃고는 소희에게 말했다.

"왜, 놀랐어?"

"아니요. 성훈 씨가 이쪽 세상에서 어느 정도 지위가 있는 분이라는 건 예상하고 있었으니까요."

소희는 조용히 고개를 가로저었다.

"그저 성훈 씨와 달리 어리광이나 부리던 제가 부끄러워졌을 뿐이에요."

나는 소희가 무슨 이야기를 하는지 바로 알 수 있었다.

그건 아마도, 인간의 왕이 되고 싶지 않았던……

인간의 왕이 되어 그 책임을 지고 싶지 않았던 아세희로서, 사랑하는 이를 위해서 요괴의 왕이 된 나를 보고 이런저런 생각이 많이 들었겠지.

"뭘 그런 걸 가지고 그러냐."

그래서 나는 가볍게 웃어넘기며 소희의 머리를 쓰다듬었다.

"그 나이에는 그래도 돼. 내가 너하고 나이 차가 몇인데. 오히려 나는 네가 더 대단해 보이더라. 내가 네 나이 때는 노는 것밖에 생각 안 했으니까. 그러니까 부끄러워할 것 없이 가슴 펴고 살아."

내 나름대로 기운을 북돋아 주기 위해 한 말이지만, 소희는 뭔가 마음에 들지 않았는지 오히려 고개를 숙이고 주먹을 움켜쥐었다.

가슴 앞에서.

왜 그렇게 분한 표정을 짓는 거니?

"……그런 것보다, 괜찮으시다면 가족분들을 모아 주실래요?"

"응?"

"성훈 씨가 직면한 문제를 알았으니, 그를 해결할 필요가 있잖아요?"

너한테 마음의 힘을 기르고, 쓰는 방법을 배우는 것 말이지.

"알았어."

빠르면 빠를수록 좋은 일이니까, 오히려 너무 늦었다고 볼 수 있다.

그렇기에 나는 지금 당장 모일 수 있는 가족들을 부르는 가장 빠른 방법을 쓰기로 했다.

"세희."

그리고 차가운 바람이 코끝을 스친다.

윤동주 시인이 지은 서시(序詩)의 마지막 부분을 떠올릴 정도로, 아무런 일도 일어나지 않았습니다.

"……."

아니, 나를 보는 소희의 눈동자에 살짝 불만 섞인 빛이 감돌았으니, 그런 것만은 아니군.

나는 소희에게 두 손바닥을 보이며 말했다.

"오해하지 마라. 절대로 너를 소희라고 부르기로 약속한 걸 까먹은 게 아니라, 평소에는 이렇게 말하면……."

"그 정도는 알고 있어요, 성훈 씨."

그러면 왜 그리 기분이 언짢아 보이십니까?

그렇게 물어보려던 때.

"그야 눈치라고는 약에 쓰려 해도 없는 주인님께서, 무슨 일이 생기자마자 마마보이처럼 제게 의지하는 모습을 보이시니 '당신의 첫 번째가 되고 싶어요.' 같은 노래를 불러도 이상할 것이 없는 소희 님의 입장에서는 질투가 날 수밖에 없겠지요."

목소리를 따라 고개를 드니 세희가 대들보 위에 앉아 나와 소희를 내려다보고 있었다.

……추위도 잘 타는 녀석이 왜 저기 위에 앉아 있나 모르겠군.

"그런 생각은 하지 않았어요, 세희 님. 저는 단지 성훈 씨가 세희 님을 마음 속 깊은 곳에서부터 믿고 있다는 점이 살짝 부러웠을 뿐이니까요."

내가 눈치 없다는 건 부정 안 해 주는 거냐, 소희야.

"다시 말씀드리지만, 그런 걸 보고 질투라고 하는 겁니다."

"마음에도 없는 말씀은 하지 말아 주세요. 아시잖아요? 제가 세희 님을 질투했다면, 성훈 씨에게 세희 님의 도움은 필요 없다고 말씀드렸을 테죠."

"이런, 그랬습니까?"

"예, 그래요."

그렇게 대답한 소희는 보란 듯이 눈썹을 찌푸리며 말을 이었다.

"그보다 언제까지 그 위에 계실 거죠? 설마 이곳에도 바보와 연기는 높은 곳을 좋아한다는 말이 있나 보죠?"

가시 돋친 소희의 목소리에 세희가 깃털처럼 내려와 두 발로 섰다.

세희는 치마가 뒤집히지 않도록 꾹 눌렀던 손을 앞으로 가지런히 모으고 소희에게 말했다.

"이곳이 아닌 옆 나라의 속담으로 있습니다. 그것보다 꽤나 까칠하신 반응이로군요. 혹시 제게 불만이라도 있으신 겁니까?"

뭔가 많은 뜻이 담긴 세희의 말에 소희는 살짝 입을 벌렸다가, 다시 닫고, 절레절레 고개를 흔든 뒤 말했다.

"있어요. 있지만, 그 일은 나중에 따로 자리를 마련해서 이야기하죠. 지금은 그보다 중요한 일이 있고, 무엇보다 성훈 씨 앞에서 나눌 만한 이야기는 아니니까요."

소희의 말은 일종의 선전 포고나 마찬가지였지만 세희는 오히려 입가에 미소를 지었다.

아, 물론 저는 소희가 세희에게 가지고 있는 불만이 뭔지는 생각하지 않기로 했습니다.

내게 호감을 품고 있는 소희가, 지금까지 있었던 일이 적힌 책을 읽고 나서 세희에게 무슨 불만을 가지고 있을지 생각하는 건 내 머리로는 무리니까.

나와 달리 모든 계산을 끝낸 듯한 세희가 말했다.

"정답입니다, 소희 님. 그 정도의 판단력은 가지고 계시는군요."

"감사하네요, 세희 님. 저를 너무 무시하는 것만 제외하면 말이죠."

"이런 실례를. 하지만 소희 님께서 이해해 주셨으면 합니다. 소희 님을 보고 있자면 제 흑역사, 실례, 미숙했던 시절이 떠올라서 말이죠."

왜 내 귀에는 세희의 말이 '네가 커서 된 게 나다.'라고 들리는 걸까.

"제가 세희 님과 비교해 보았을 때 미숙한 것은 사실이지만, 저를 통해 과거의 자신을 떠올리는 것은 그만두셨으면 좋겠네요. 역사의 분기점을 통해 양쪽의 세계가 갈라졌을 때부터, 성훈 씨에게 애칭을 선물받은 순간부터 저는 새로운 길을 개척해 나가는 '세희'이자 소희가 되었으니까 말이죠."

소희의 말은 '난 너 같은 어른은 되지 않을 거야!'로 들리고.

"그렇게 말씀하시니, 소희 님께서 미숙했던 어린 시절의 저보다 더한 실수를 저지르실까 걱정이 됩니다."

뭐랄까. 말싸움을 벌이는 세희와 소희 사이에 있다 보니 꿔다 놓은 보릿자루가 된 기분이네.

옆구리가 터질 것 같은 보릿자루 말이야.

"그런데 말이다."

그래서 나는 한쪽 팔을 번쩍 들고서 말했다.

"둘이서 할 말 많으면, 나는 안에서 기다려도 되냐? 추워서 말이야."

옛말에, 군자는 위험한 곳에 가지 않는다고 했으니까요. 둘을 말리는 건 내 능력 밖이기도 하고.

"그러실 것 없습니다."

"아니요."

하지만 세희와 소희는 누가 먼저라고 할 것 없이 내 도주로를 차단했다.

그리고 뒤로 살짝 물러나 양옆에 서는 것으로 내가 먼저 안 방으로 가라고 재촉했다.

"그래."

가라면 가야죠.

네 번째 이야기

놀랍게도.

세희가 도대체 무슨 요술을 부린 건지, 방 안에는 사람 한 명이 들어갈 만한 공간을 두고 앉은 랑이와 아야, 바로 옆에 앉은 냥이와 그 품에 안겨 있는 성린이 원을 그리며 앉아 있었다. 그리고 그 모습을 소파에 앉아 흐뭇하게 바라보고 있는 성의 누나가 있었고.

곰의 일족 일로 자리를 비운 나래와 방에서 쉬고 있을 치이와 페이, 그리고 둘의 곁을 지켜 주고 있을 바둑이. 마지막으로 평소에도 웬만해서는 얼굴을 보이지 않는 가희를 빼고 다 모였구나.

그게 뭐가 놀랍냐고?

세희가 내가 모르는 사이에 안방으로 모이라고 전했다고 쳐. 인형을 썼을 수도 있고, 뭐더라? 아, 그래. 무협지에서 나오는 전음이나 판타지에서 나오는 텔레파시 같은 것도 쓸 수도 있을 테니까.

그런데 랑이는 어떻게 안방에 온 거지?

조금 전만 해도 랑이는 나래의 방에 있었고, 안방에 오려면 마루를 지나야 하는데 마주친 적이 없단 말이죠.

"헤헤헤."

정작 랑이는 내 시선을 받자 고개를 갸웃거리더니, 해맑은 미소를 지었지만.

그래, 그게 무슨 상관일까.

세희라면 나래의 방문이 안방과 바로 이어지는 요술을 쓸 수도 있을 테데. 아니면 나래의 방에 안방으로 바로 이어지는 비밀 통로라도 있는 모양이지.

"갑자기 불렀는데 와 줘서 고마워."

나는 아무래도 상관없는 일을 머릿속에서 지워 버리며, 일단 랑이와 아야 사이에 보란 듯이 비어 있는 공간에 앉으려고 했다.

그렇게 반쯤 주저앉았는데.

"잠시 실례하겠습니다, 주인님."

"어?"

세희가 갑자기 내 뒷덜미를 잡아 일으켜 세우더니 벽 쪽으로 휙 밀었다.

"으, 으냐아?"

"키이잉?!"

내가 앉기를 즐겁게 기다리고 있던 랑이와 아야가 깜짝 놀

186 나와 호랑이님 23

라 목소리를 냈지만, 당혹스러운 건 나도 마찬가지였다. 지금 껏 세희가 이런 적은 없었으니까.

하지만 세희에게 밀려 얼떨결에 갑자기 방 안에 생겨난 뭔가 있어 보이는 딱딱하고 차가운 의자에 반강제로 앉게 되었을 때.

그리고 그 의자가 언젠가 본 적 있는, 정확히 말하면 그쪽 세계에서 소희가 원탁회의에서 앉았던 의자라는 걸 깨달았을 때.

나는 세희의 의도를 알 수 있었다.

"너……."

딱.

세희는 대답 대신 손가락을 튕겼다.

"오옷?"

"캬앙?! 뭐, 뭐 하는 거야, 이 깜짝아?"

그러자 바닥에 깔린 장판이 움직여 랑이와 아야, 냥이와 성린을 방 바깥쪽으로 밀어내 방 한가운데에 빈 공간을 만들었다.

"쯧."

냥이는 세희가 벌이는 일이 마음에 안 드는 눈치였지만, 혀를 차는 거로 마음을 다스린 것 같고.

"왜 그래, 언니? 뭐가 마음에 안 들어?"

그걸 가만히 보고 있을 성린이 아니었지만.

"아무것도 아니니라. 그보다 함부로 남의 속을 읽지 말라고 하지 않았느냐."

"안 읽었어! 냥이 언니가 혀 차는 거 보고 안 거야! 나, 약속 잘 지켜!"

"……그러하느냐."

"응!"

여동생에게 약한 건지, 어린아이에게 약한 건지 모를 냥이가 고개를 돌리는 와중에도 안방의 변화는 계속되었다. 내 앞에 불쑥 직사각형의 탁자가 생겨났고, 그 맞은편과 양옆에 내가 앉은 것과는 달리 푹신해 보이는 의자까지 생겼다.

……뭐죠, 이 차이는.

분명 제가 상석에 앉은 것 같은데 말이죠.

물론 제가 저런 푹신한 의자에 앉을 경우 빠르게 잠들어 버리거나, 정신이 딴 곳으로 떠날 가능성이 높다는 건 압니다.

제가 앉은 이 딱딱하고 차가운 의자에 어떤 의미가 있는지도 알고요.

하지만 이건 너무한 거 아닙니까? 적어도 방석 정도는 깔아 줘도 되잖아? 이러다가 치질이라도 걸리면 어떻게 하려고?!

"주인님께서 이번 사항을 요괴의 왕으로서 타개해 나가시겠다는 뜻을 보이셨으니 그에 맞는 자리를 마련하였습니다. 다들 자리에 앉으시지요."

하지만 세희의 옷이 평소의 한복이 아닌, 내가 업무를 볼 때와 마찬가지로 정장으로 변했기에 나는 불만을 거뒀다.

이런 분위기에서 의자가 딱딱하고 차갑다는 사소한 불만을 말했다가는 본전도 못 챙길 게 분명하니까.

무엇보다 세희의 말에 랑이와 아야도 얼굴에 흠! 하고 힘을 주고서 내 오른쪽에 있는 의자에 폴짝 하고 뛰어 앉은 덕분에 마음이 살짝 풀어진 탓도 크다.

냥이는 품에 안고 있던, 아니, 품에 안겨 있던 성린을 바닥에 내려놓고 내 오른쪽 자리에 앉으…… 려다, 의자가 높다는 사실을 깨닫고 부적을 계단으로 삼아 걸어올라 앉았다.

하지만 그것 자체가 마음에 안 드는지 냥이가 꼬리와 털을 살짝 세우며 툴툴거렸다.

"멍청한 것, 격이라는 것은 이런 허례허식을 통해 생겨나는 것이 아닌 것을."

"냥이 님의 말씀은 지당하시나, 안타깝게도 이런 겉치레라도 해야 하는 것이 저희가 당면한 현실이니 부디 넓은 아량을 베풀어 주셨으면 합니다."

뭐지, 기분 탓인가.

세희와 냥이가 사이좋게 손을 잡고 나를 흉보는 것 같은데.

"언니! 냥이 언니! 나도 같이 앉을래!"

하지만 그런 생각도 성린이 냥이의 무릎을 탁탁 두드리는 소리에 사라졌다.

그 모습을 내려다보던 냥이는 귀찮다는 듯 인상을 찌푸리고서는 고개를 돌려 성의 누나를 보며 말했다.

"지금부터는 너와 놀아 줄 수 없으니, 이만 네 어미에게 가거라."

"괜찮아요."

하지만 **소파에서 일어날 생각이 없는** 성의 누나는 냥이와 다른 생각인 것 같았다.

"성린은 착한 아이니까요."

성린이 착한 아이라는 건 나도 안다. 하지만 그게 냥이와 같이 앉겠다는 거와 무슨 관계가 있는지는 모르겠네.

"응! 착해! 그래서 냥이 언니하고 약속도 지키고 있는걸! 아빠한테 아무 말도 안 했고!"

"……네 녀석은 꼭 말 한마디가 많으니라."

냥이는 뭔가 알고 있는 것 같지만. 그렇지 않으면 부적을 써서 성린을 자기 다리 위에 앉힐 리가 없으니까 말이야.

그건 그렇고 냥이와 성린이 무슨 약속을 했는지 갑자기 궁금해지는군.

"소희 님."

"알겠어요."

궁금하지만 물어볼 시간은 없는 것 같다.

세희의 재촉 같은 말에 소희는 내 맞은편에 자리 잡고 앉았다. 그편이 가족들과, 그리고 나와 이야기를 하기 편하다고 생각한 것 같네.

"그런데 너는?"

다들 앉을 자리를 찾았는데, 세희만은 여전히 비스듬히 내 뒤쪽에 서 있는 채다.

"제 자리는 이곳입니다."

뭐라고 해야 할지, 거기 계시면 뭔가 시험받는다고 해야 하나, 감시받는 느낌이 들어 살짝 긴장이 되는데요.

아니, 세희는 그걸 노리고 있는 거겠지.

나는 그렇게 생각하기로 하고 깊게 숨을 들이마시고 내쉬는 것으로 머릿속을 정리하고 마음의 준비를 마친 뒤.

입을 열었다.

"그러면."

소희를 바라보면서.

"먼저 소개할게. 눈에 많이 익을 저 아이의 이름은 아세희. 전에도 말한 적 있지만, 예전에 내가 세희에 대해 알기 위해 갔던 평행 세계에서 만난 또 다른 세희야. 강세희도 아세희도 둘 다 세희라, 우리 집에서는 내가 지어 준 소희라는 이름을 쓰기로 했고. 나를 도와주기 위해 먼 곳까지 와 준 고마운 아이야."

나는 권유하듯 소희에게 손을 들며 말했다.

"간단하게 자기소개라도 할래?"

소희는 가볍게 고개를 끄덕인 뒤, 자리에서 일어나 말했다.

"안녕하세요, 여러분. 저는 소희라고 해요. 앞으로 잘 부탁드립니다."

정말 간단하게 인사를 마친 소희가 꾸벅, 허리 굽혀 인사하자.

짝짝짝짝.

가장 먼저 박수를 친 랑이를 따라 다른 가족들도 소희를 환영해 줬다.

냥이는, 뭐, 성린이 대신 쳐 줬다고 생각하자.

소희는 가족들의 환영에 살짝 쑥스러운지 볼을 붉히면서도 올곧은 자세로 의자에 앉은 뒤 말했다.

"저는 성훈 씨의 가족인 여러분은 제 가족이나 다름없다고 생각해요. 그래서 서로를 알아 가는 시간을 가지고 싶지만, 지금은 그럴 여유가 없다는 게 정말 아쉽네요."

"응, 응. 나도 소희에 대해 궁금한 것이 많으니라. 그러니까 성훈이를…… 읍?"

랑이가 뭔가를 물어보려고 했지만, 그건 귀를 쫑긋 세운 아야의 손바닥으로 봉쇄당했다.

"분위기 파악해, 이 밥보야. 소희가 말했잖아, 그럴 여유 없다고. 그건 나중에 같이 물어봐."

"읍, 읍."

입이 막힌 채 고개를 끄덕이는 랑이를 보고 눈썹을 꿈틀거린 냥이의 손에 부적이 들렸지만, 그것도 잠시.

"저도 그에 대해서는 기회가 있으면 말씀드릴게요, 호랑…… 아니, 실례했어요, 랑이 님. 지금은 성훈 씨가 처한 어려움에 대처하기 위한 이야기를 나누는 게 먼저인 것 같으니까요. 안 그런가요?"

소희가 어딘가 그리운, 그리고 친한 친구를 대하는 표정을 지으며 말하자 부적을 다시 집어넣었다.

"응, 내가 너무 마음이 앞섰구나. 잘 알겠느니라."

랑이도 고개를 끄덕이며 수긍해 줬고.

……하지만 뭐라고 할까. 뭔가 내가 없는 사이에 무슨 일이 벌어질 것 같다는 생각이 드는데, 단순한 기분 탓인가?

"그러면."

하지만 이 자리에서 언급하기에는 사소한 일처럼 보이기에 나는 생각을 고쳐 소희에게 말했다.

"내가 처한 상황에 대해서 설명해 줄까?"

"아니요, 제가 제대로 이해하고 있는지 확인만 해 주세요."

고개를 끄덕인 내게 소희가 말했다.

"간단하게 요약하자면, 성훈 씨가 당신의 뜻을 이루기 위해 스스로의 힘으로 대요괴들과 맞서 싸워 이겨야 하는 상황이라고 읽었어요. 그리고 성훈 씨는 제 도움을 받아 대요괴들과의 결투에서 승리를 쟁취하시려 생각하고 계시고요. 맞나요?"

"맞아."

나는 고개를 끄덕인 뒤, 소희와 눈을 맞추며 말했다.

"도와줄 수 있겠어?"

소희는 즉답했다.

"물론이죠."

"고마워."

믿고 있었음에도 확답을 들어 조금은 마음이 놓인 내게 소희가 고개를 저으며 말했다.

"아니에요. 성훈 씨가 저와 오라버니, 그리고 제 친구에게 베풀어 주신 은혜에 비하면 아무것도 아닌걸요."

"그래도…… 아니, 아니다."

나를 향한 소희의 미소를 보고 있자니, 내가 사양해 봤자 계속 같은 말만 되풀이될 것 같았기에 나는 그저 감사히 받아들이기로 했다.

"그러면 어떻게 해야 마음의 힘을 쓰는 법을 배울 수 있을까?"

"그전에 확실하게 하고 싶은 게 있어요."

소희가 내게 물었다.

"성훈 씨가 조금 오해하고 계시는 마음의 힘에 대해서 말이죠."

"내가 오해를 하고 있다고?"

"예."

그럴 리가! 그건 말도 안 되는 소리다! 사람이 아는 게 있어야지 오해도 하지! 나는 아무것도 모른다고!

그렇게 당당히 자신의 무식함을 자랑하고 있는 내게 소희가 말했다.

"자서전을 통해 보았을 때, 성훈 씨는 마음의 힘을 합성어⋯⋯실례했어요. 두 개의 다른 뜻을 가진 단어가 합쳐져서 완성된 하나의 단어로 받아들이는 경향이 있는 것 같더라고요."

나는 '합성어' 같은 단어 정도는 이해할 수 있으니까 편하게 말하라고 이야기하려 했지만, 이내 소희가 내가 아닌 랑이와 아야, 그리고 성의 누나와 성린을 배려하고 있다는 사실을 깨닫고 입을 다물었다.

흑흑, 이게 다 평소에 세희에게 무시당한 까닭입니다.

"성훈 씨, 지금 제 말에 집중하고 계신 거 맞죠?"

소희의 지적에 속이 뜨끔해진 나는 크게 헛기침을 한 뒤 말했다.

"미안."

"괜찮아요, 한 번쯤은요."

조심하자. 두 번째에는 무슨 일이 일어날지 모르니까.

"다시 이야기를 돌리죠."

소희가 내게 잠시 다시 집중할 시간을 준 뒤 말을 이었다.

"조금 전에 말씀드렸다시피, 마음의 힘은 '마음'과 '힘', 그리고 그 둘을 이어 주는 '의'라는 합성 모음으로 만들어진 하나의 단어가 아니에요."

뭔가 어려운 이야기였지만 얼추 이해할 수 있었다.

그런 나를 보며 소희가 말했다.

"마음의 힘은, 마음에서 비롯된 힘이라고 이해하시는 게 올바릅니다."

흠.

그런 생각은 지금까지 한 번도 안 해 봤는데 말이지. 하지만 곰곰이 생각해 보니까 소희의 말이 맞는 것 같기도 하다.

아니, 아니지.

소희의 말이 맞네.

그렇게 생각한 이유는 세희와 나누었던 대화 때문이었다. 그때 나는 마음의 힘을 단련한다고 했는데, 세희는 마음을 단련하고 그 힘을 사용하는 방법이라고 말했으니까.

그래서 그게 마음에 걸렸던 거였다.

······그런데 말이죠.

이 둘이 그렇게 큰 차이가 나는 걸까?

"마음과 마음에서 비롯된 힘. 그 두 개가 다르다는 사실과 성훈 씨에게 지금 당장 필요한 건 마음에서 비롯된 힘이라는 사실을 명확히 인식하실 필요가 있으니까요."

하지만 소희는 그렇게 말했다.

"그러면 성훈 씨는 마음이 뭐라고 생각하시나요?"

마음?

나는 잠시 곰곰이 생각한 뒤, 잠깐 휴대폰을 꺼내서 검색해 보고, 다시 깊게 생각한 뒤, 그 대답을 소희에게 말했다.

"모르겠다."

인터넷 사전에 따르면 마음은 사람이 본래 지닌 성격이나 품성이라고 한다.

사람의 생각, 감정, 기억 따위가 생기거나 자리 잡는 공간이나 위치, 사람이 다른 사람이나 사물에 대하여 생각, 감정, 의지 같은 게 복합체로 드러나는 지능과 의식의 단면을 가리킨다고 적혀 있었고.

그건 '마음'이라는 단어를 보편적으로 설명해 주는 거라 생각하지만…….

나는 그것이 마음을 오롯이 설명해 주고 있다고는 생각할 수 없었다. 마음에는 말로 설명할 수 없는 뭔가가 있는 것 같았거든.

그 모든 생각을 담은 내 대답에, 소희는 오히려 만족한 듯한 미소를 지었다.

"괜찮아요. 사실 저도 모르니까요."

……괜찮은 거지? 응? 소희야, 나, 지금 너만 믿고 있거든?

내 불안을 아는지 모르는지 소희는 계속해서 말했다.

"지금껏 많은 철학가와 학자들이 사람의 마음에 대해 연구하고 그 답을 찾아 왔죠. 그리고 보편적인 정의…… 실례했어요. 많은 사람들이 받아들일 수 있는 정답을 찾을 수 있었고요. 하지만 그게 과연 세상에 단 하나뿐인 정답이라고 생각해도 될까요? 수많은 사람들이 가지고 있는 수없이 많은 마음을 그렇게 간단하게 말해도 되는 걸까요?"

답을 바라지 않은 질문이었고, 침묵을 지키는 게 정답이었다.

"아니요, 그럴 리가 없죠. 이건 수학적인 명제처럼 명확한 답이 나올 수 있는 문제가 아니니까요. 그렇기에 마음에 대한 자신만의 답을 찾기 위해서는 오랜 시간 동안의 고된 자아 성찰이 필요해요."

눈동자 속에서 치솟아 오르던 학구열의 불꽃을 꺼트린 소희가 말을 이었다.

"하지만 지금 저희에게 필요한 건 진리를 탐구하는 철학적인 자세가 아니죠. 성훈 씨에게 필요한 건 이론이 아닌 실기. 대요괴를 상대로 승리할 수 있는 힘이니까요. 그를 위해서라도 지금은 마음을 그저 마음이라 받아들이고 계시는 것이 제일 좋아요."

"자, 잠깐만."

나는 산산이 흩어지려는 정신머리를 붙잡아 두기 위해 관자놀이를 손가락으로 지그시 누르며 말했다.

"정말 몰라도 돼?"

나는 침묵으로 질문을 유도하는 소희에게 말했다.

"나는 마음의 힘을 어떻게 쓰는지도 몰라. 그래서 너한테 마음을 단련하고 그 힘을 키우면서, 마음의 힘을 내 마음대로, 아니, 내 뜻대로 쓰는 법을 배울 생각이었고. 그런데 그냥 지금처럼 마음은 그냥 마음이다, 하고 뜬구름 잡는 것처럼 생각해도 정말 괜찮은 거 맞아?"

소희가 말했다.

"이해하려 하면 이해할 수는 있으세요?"

아파아아아아아!!! 마음이! 마음이 아파아아아아아!!

순수한 마음으로 던진 소희의 독설에 마음이 찢어실 것처럼 아파아아아아!!

"물론 성훈 씨의 말씀대로, 그 방법이 가장 좋은 건 맞아요. 그게 올바른 길(正道)이니까요. 그리고 그 길을 끝까지 걸어 자신만의 뜻을 세운 분들을, 우리는 신선이라 칭하죠."

그나마 다행인 건, 내가 소희의 말을 오해했다는 걸 바로 깨달았다는 거다.

아, 신선이면 어쩔 수 없지.

"하지만 저희는 그렇게 여유 부릴 시간이 없어요. **그럴 필요도 없고요.** 애초에 그 길은 짧아도 수십 년, 길면 백 년 이상 걸릴지도 모르니까요."

소희가 말했다.

"그래서 저는 성훈 씨에게 마음과 마음에서 비롯된 힘. 그 두 가지를 개별적인 개념, 아, 죄송해요. 그 두 개가 따로따로 세상에 있다고 생각해 주셨으면 하는 거예요. 집중하기 편하게 말이죠."

좋은 일이네. 나도 복잡한 건 싫으니까.

고개를 끄덕인 내게 소희가 말했다.

"그러면 지금부터는 마음에서 비롯된 힘에 대해서 설명해 드릴게요."

……복잡한 건 싫은데 말이죠.

"잠깐만."

나는 손을 들어 이제 막 마음의 힘에 대해 설명을 시작하려는 소희를 말린 뒤, 입을 열었다.

"잠깐 쉬는 시간 좀."

"버, 벌써요?"

뭘 그렇게 놀라는 건데?! 평범한 사람의 집중력은 20분 정도밖에 유지가 안 된다는 연구 결과도 나와 있는데!

……출처는 인터넷 기사입니다. 중간고사를 말아먹은 나를 억지로 공부시키던 나래에게, 쉬는 시간을 달라고 하기 위해 찾아본 적이 있었죠.

지금은 10분도 안 지난 것 같지만!

어쨌든!

"응."

나는 의자에 등을 기대며 몸에 힘을 쭉 빼서, 녹아내린 버터처럼 몸을 축 늘어뜨린 꼴사나운 모습으로 말했다.

"잠깐 생각 좀 정리하고, 앞으로의 이야기에 집중하려면 잠깐 바람 좀 쐬고 오는 게 좋을 것 같아."

"하지만…… 아직 제대로 말씀드린 것도 없는데……."

나는 아쉬워하는 기색이 가득한 소희를 설득시킬 아군을 찾기 위해 고개를 오른쪽으로 돌렸다.

"왜 이쪽을 보는데, 이 무근성아? 난 괜찮은데!"

안타깝게도 아야에게도 쉬는 시간은 필요 없는 것 같다.

아야도 머리 회전이 빠른 편이니까 말이지.

그걸 알고 있음에도 내가 시선을 돌린 건.

"나는 찬성! 성훈이 말에 찬성이니라!"

랑이가 있기 때문이다.

랑이도 어려운 이야기에 머리가 많이 복잡해진 건지, 탁자 위에 두 팔을 뻗은 채 축 늘어져서 말했다.

"이대로 가다간 나도 모르게 깜빡 졸아 버릴 것 같으니까 말이니라."

……이런 말을 하면 랑이가 발을 동동 구르며 화를 낼지도 모르겠지만.

나는 랑이가 소희의 이야기에 집중하고 있었다는 거는 둘째 치고, 지금껏 깨어 있는 것 자체가 신기했다.

점심을 먹은 다음에 잠깐 자긴 했지만 평소와 비교하면 제대로 낮잠 시간도 가지지 않았고, 치이와 페이를 간호하는 데 힘도 썼고, 이해하기 어려운 이야기가 계속됐으니까 말이지.

"마음에 들지는 않지만, 나도 저 요리를 하다가 휴대폰에 빠져 냄비를 태워 버릴 것 같은 녀석의 말이 일리가 있다 생각하느니라."

게다가 냥이도 내 의견에 손을 들어 줄 거라곤 생각 못 했다. 무슨 심경의 변화가 있었나 싶어 왼쪽으로 고개를 돌리니…….

그럴 만한 이유가 있었다.

성린이 냥이의 어깨에 얼굴을 묻은 채 침을 질질 흘리며 쿨쿨 자고 있었으니까.

그래, 이해한다. 성린을 방에서 재우고 옷을 갈아입고 싶은 거지?

"……네놈의 삼년 넘게 묵어 쉬어 버린 김치 같은 눈을 치우지 않는다면, 사람은 시력을 잃어도 살아갈 수 있다는 것을 직접 경험하게 해 주겠느니라."

나는 다시 고개를 돌려 정면을 바라보았고, 소희는 아쉬움이 가득 담긴 한숨을 내쉬었다.

"어쩔 수 없네요. 아직 드려야 할 이야기가 한가득이니까요. 잠깐 쉬는 시간을 가지도록 하죠."

……한가득? 얼마나 많이 남았다는 거야?

나는 갑자기 불안해져서 슬쩍 뒤로 고개를 돌렸다.

세희는 나를 향해 너무나 빛나는 미소를 지으며, 머리 뒤에 환하게 켜진 LED 손전등이 두 개가 떠 있으니까 당연한 말이 겠지만, 너무나 빛나는 미소를 지으며 말했다.

"구관이 명관이라는 속담을 이제 아시겠습니까?"

아니, 넌 그냥 날 놀리고 속이기 위해서 제대로 설명을 안 해 주던 거잖아.

그보다 눈부시다.

내가 손을 들어 눈을 가리자, 세희가 손전등을 끄며 말했다.

"그래도 이해해 주셨으면 합니다, 주인님. 어려서부터 친구라 부를 사람은 한 명밖에 없었고, 그자도 자신의 입에서 어려운 이야기가 나오면 무슨 핑계를 대서라도 도망치는 게 일상. 유일하게 지적 수준이 맞는 사람은, 오히려 그렇기 때문에 서로의 의중을 순식간에 파악하여 긴 대화를 이어 나갈 수 없었습니다. 그런 외롭고 쓸쓸한 곳에서 지내신 분이 바로 소희 님이십니다. 그런 분께 지금과 같이 자신의 지식을 설파(說破)하고 피로(披露)할 수 있는 기회가 왔을 때 설명충이, 실례, 조금 과도한 설명을 하게 되는 건 어쩔 수 없는 일이니까요."

왠지 지금은 '구관이 명관'보다, 다른 속담을 쓰는 게 더 잘 어울릴 것 같은데.

"으으읏!!"

소희가 분한 듯 주먹을 꼭 쥐고 이를 악물면서도 반박을 못 하는 걸 보니 내 생각이 맞는 것 같고.

"……어, 그래."

하지만 나는 세희와 소희의 눈싸움에 개입하는 건 포기하고 자리에서 일어났다.

"그럼 난 잠깐 나갔다 온다."

그리 길지 않은 쉬는 시간을 조금이라도 효율적으로 써야 하니까.

그런 내게 세희가 소매에서 패딩을 꺼내 주며 말했다.

"날이 춥습니다, 주인님."

"고마워."

그래도 넌 지금 소희가 양 볼에 홍조가 든 채 불타는 시선을 보내는 걸 좀 더 신경 써 줬으면 좋겠다.

* * *

숨을 쉬자 시리도록 차가운 겨울바람이 폐부에 가득 찼다.

겨울은 겨울인지, 분명 조금 전만 해도 하늘에 떠 있던 해가 어느덧 저 산 너머로 넘어가고 있었다.

한없이 붉어지기 직전의 석양빛을 바라보니, 갑자기 녹색을 바라보는 게 눈 건강에 좋다는 일반 상식이 떠올랐다.

"힘든가요, 성훈?"

"괜찮아, 누나."

그래서 나는 내 뒤를 따라 나온 성의 누나를 바라보았다.

랑이나 아야, 혹은 소희가 따라 나올지도 모른다고 생각했던 내게는 기쁜 오산이었다. 조금 전까지 계속됐던 회의라고 해야 할지, 소희의 강의 시간이라고 해야 할지 모를 시간 동안 소파에 앉아 한 발자국 떨어진 곳에서 가만히 지켜보고 있던 성의 누나였으니까, 더욱 더.

"정말인가요?"

성의 누나의 목소리를 듣는 것만으로도, 분명 조금 전까지만 해도 한껏 느껴지던 겨울의 풍취가 봄날의 따사로움으로 변해 버렸다.

나는 그 따뜻함에 몸과 마음이 치유되는 것을 느끼며 말했다.

"응."

그러니까, 지금 내 상황을 예를 들어 설명하자면, 수업 시간에 집중이 풀려서 잠깐 창밖을 바라보는 것과 비슷하다.

그렇게 힘들거나 지친 건 아니라는 거지.

"……그러면 괜찮겠네요."

그런데 성의 누나는 뭔가 아쉬워하는 듯한 눈치다.

"응? 뭐가?"

내 시선을 마주하던 성의 누나는 살짝 볼에 홍조를 들인 채 고개를 돌렸다.

"……아무것도 아니에요."

왔다. 감이 왔다. 이걸 그냥 아무것도 아니겠지, 하고 넘어갔다는 나중에 땅을 치며 후회할 거라는 감이 와 버린 것이다!

"뭔데 그래, 누나."

그래서 나는 성의 누나와 거리를 좁히며 슬쩍 손을 잡았다.

역시 산골 구석의 추운 날씨 정도는 아무렇지 않은 별의 의지답게, 성의 누나의 손은 따뜻하고 부드럽기 그지없었다.

나는 그저 그 감촉을 여러 가지 방식으로 만끽했다.

그래. 뭔가 있는 것 같지만, 그걸 모른 척 넘어가면 나중에 후회할 것 같지만, 지금 그게 무슨 상관인가. 나는 지금 성의 누나와 손을 잡고 있는데.

"마, 말하면 되잖아요."

……그런데 제 예상과는 달리 성의 누나는 제 손장난을 조금 다른 의미로 받아들인 것 같습니다.

이상하다.

난 그냥 성의 누나의 손바닥을 손가락으로 간질이고, 깍지를 끼기도 하고, 손등을 엄지로 쓰다듬다가, 손목을 검지로 만지작거렸을 뿐인데.

하지만 성의 누나는 내 순수한 애정 표현을 대답을 독촉하는 장난이라고 생각한 것 같다.

그런 게 아니라고 할까 싶었지만, 왜, 그런 말 있지 않습니까. 좋은 게 좋은 거라고.

나는 장난 겸 애정 표현을 그만두고서, 그저 성의 누나의 손을 잡은 채 기다렸다.

맞잡은 손이 조금 더 따듯해졌다는 걸 느꼈을 때, 성의 누나가 여전히 나와 시선을 맞추지 못한 채 말했다.

"성훈이 힘들면 위로해 주려고 했어요."

어찌 보면 어린아이보다 순수한 성의 누나의 호의에 내 입가에 흐뭇한 미소가 지어졌다…… 가, 조금 다른 의미로 변했다.

왜냐하면, 시베리아의 혹한에도 끄떡없을 성의 누나의 귀가 새빨갛게 변해 있었기 때문이다.

"어떻게?"

그래서 나는 슬쩍 정면에서 성의 누나와의 거리를 더욱 좁혔다. 누나의 머리가 내 가슴에 닿을 정도로 가깝게.

"나를 어떻게 위로해 주려고 했어, 누나?"

혹여나 성의 누나가 도망치지 못하도록, 남아 있던 손도 맞잡는다.

"응?"

그리고 한 발자국 더 앞으로 나갔을 때.

나는 누나의 손을 잡는 게 의미 없다는 것을 깨달았다. 성의 누나는 너무나 쉽게, 그러면서도 아프지 않게 두 손을 빼서 내 눈앞에서 모습을 숨겼으니까.

"아."

너무 장난이 심했나?

요즘 성의 누나에게 이런 식으로 장난을 치는 게 너무 재밌고, 또 즐거워서 나도 모르게…….

"이, 이렇게요."

하지만 등 뒤에서 성의 누나의 목소리가 들리는 순간 모든 생각이 멈췄다.

"어, 어?"

고백하자면, 성의 누나와 함께 있다 해도 정말로 봄이 오는 경우는 드물다.

없다고 할 수 없는 게 성의 누나의 무서운 점이지만, 어쨌든.

그저 내가 그렇게 느끼는 것이고, 시린 바람이 불어오면 내 체온은 순조롭게 떨어지고, 몸이 부르르 떨리게 된다.

하지만 지금.

나는 겨울임에도 봄을 느꼈다.

"누, 누나?"

내 등에서 봄이 오는 것을 느꼈다.

그래! 성의 누나가 등 뒤에서 패딩 안으로 들어와 나를 꼬옥 끌어안은 거다!

동시에 조금 전까지만 해도 품이 남던 패딩이 갑자기 꽉 조였지만, 아무래도 상관없어졌다.

아니, 오히려 감사했다.

두 명이 들어갈 걸 상정하지 않고 만든 옷으로 인해 반 강제로 성의 누나와 몸이 겹쳐졌으니까.

등 뒤에서 느껴지는 봄날의 따스한 햇살 같은 체온과 어린 양들이 뛰어놀다 넘어진다 해도 다치지 않을 것같이 부드러운 두 쌍의 언덕, 내 허리에 두른 팔과 깍지를 낀 채 배 위에 올려놓은 두 손, 목덜미에 닿는 성의 누나의 숨결.

"으, 으웃……"

부끄러우면서도 나를 위해 먼저 스킨십을 해 온 성의 누나의 입에서 달뜬 소리가 나왔다.

이, 이건 많이 위험한데요? 정말로 엄청나게 위험한데요? 지금 당장 패딩의 지퍼를 내려서 조금이라도 누나와의 거리를 벌려야 하는 거 아닐까? 그래야 하는 거 아닐까요?

"어떤가요, 성훈. 마음에 드나요?"

하지만 수줍음이 가득한 성의 누나의 목소리에 나의 이성과 계획은 저 하늘의 뜬 해보다 빠르게 저물어 버렸다.

"으, 응. 누나."

그저 그렇게 말할 수밖에 없었던 내게, 성의 누나는 기쁜 기색이 역력한 목소리로 말했다.

"다행이에요."

하지만 나는, 조금씩 내 마음 속에서 불만이 커져 가는 것을 느낄 수 있었다.

나는 지금으로도 충분히 행복하다.

수줍음이 많은 성의 누나가 나를 먼저 끌어안아 주고 애정을 속삭여 준 것만으로도 충분히 행복하다.

하지만, 그렇기에.

그렇기에 더욱.

나는 이 두 손으로 성의 누나를 안고 싶다.

내 품에 성의 누나를 끌어안고, 두 손으로 허리와 등……

사실대로 말하면 한쪽 손은 좀 더 아래로 내리고 싶습니다만!

어쨌든 허리와 등을 끌어안은 채 목덜미에 가볍게 입을 맞추고 싶었다.

그래서 굳게 잠겨 있는 지퍼에 손을 댔는데 말이죠.

드르륵.

문이 열리는 소리가 들렸습니다.

"아……."

"……어."

고개를 돌렸을 때 본 것은, 자신이 열고 나온 문을 닫을 생각도 못 하고 그대로 굳은 채로 얼굴을 새빨갛게 물들이고 있는 소희였습니다.

덕분에 나도 온 몸이 딱딱하게 굳어 버렸고.

잠깐 동안 지속된 어색한 정적을 깨뜨린 건.

"아, 그렇군요."

등 뒤에서 들려온 성의 누나의 말 한마디였다.

"이리와요, 소희. 성훈의 앞은 당신의 것이에요."

"죄, 죄송해요!!"

그리고 소희는 얼굴이 새빨개진 채 다시 방으로 들어가서
는 문을 닫았다.

"성훈, 소희가 왜 저러는 거죠?"

……오랜만에 정말 대답하기 힘든 질문을 하시네요, 누나.

"이건 내가 말해 주면 안 될 것 같아."

"……그래요."

그래서 나는 대답을 피하고, 소희가 진정할 시간을 주기 위
해 조금 더 성의 누나와 같이 있기로 했다.

제 사욕도 채울 겸 말이죠.

* * *

성의 누나의 애정 어린 위로로 몸과 마음이 새로워진 나는
방 안으로 다시 들어갔다.

""……""

들어오자마자 랑이와 아야의 따가운, 객관적으로 보면 살

짝 뽀로통해진 아이들의 시선을 받으니 가슴이 뜨끔하군.

"크흠~."

그래서 난 일부러 큰 헛기침을 하며 내 자리에 다시 앉으려고 했지만, 그전에 랑이가 내 오른쪽에 찰싹 달라붙어 왔다.

"소희에게 다 들었느니라."

그, 그러냐.

"이럴 때도 정신 못 차리지, 이 헤픈아?"

아야는 왼쪽에 달라붙었고.

아무래도 자기들은 열심히 참고 있는데, 내가 밖에 나가서 성의 누나하고만 좋은 시간을 가진 게 부러웠나 보다.

"미안, 미안."

나는 가볍게 사과를 한 뒤, 미소를 지으며 둘의 머리를 쓰다듬어 주고서 말했다.

"그런데 소희는?"

방 안에 소희가 안 보였거든.

……마루에서 있었던 일을 랑이와 아야에게 말한 걸 탓하기 위해서가 아닙니다.

여러 가지 의미로 미안하다는 말이 하고 싶었으니까.

그런 나를 올려다보던 아야가 꼬리털을 붉게 물들이더니 내 옷 안으로 손을 슬금슬금 움직여 배를 콕 찌르고는 말했다.

"나한테 집중 안 해, 이 바람둥이 아빠?!"

아프다.

아야를 믿고 안 믿고를 떠나서, 아픈 건 아픈 거다.

나는 고통을 즐기는 취미는 없기에 아야의 귀를 만지작거리며 말했다.

"그런 게 아니라는 거 알잖아, 아야야. 그냥 난 소희가……."

아니, 아니다.

방 안에 없는 건 소희만이 아니었다. 워낙 기상천외 신출귀몰한 녀석이다 보니 신경 못 썼는데, 세희까지 보이지 않았으니까.

"……그런데 세희는 또 어디 갔냐."

그래서 나는 소희의 행방을 물었을 때와 달리 조금 가라앉은 목소리로 물어보았다.

소희나 세희, 둘 중 한 명만 보이지 않았다면 모를까, 동시에 보이지 않으니까 이런저런 걱정이 들 수밖에 없거든.

예를 들면, 세희가 소희를 또 놀리지 않을까.

다른 예를 들면, 세희가 소희에게 다시 장난을 치지 않을까.

다른 예시를 들면, 세희가 소희에게 또 다시 이상한 가치관을 주입시키지 않을까.

과한 걱정일지도 모르는데, 내 눈에는 세희가 소희를 말귀를 잘 듣는 가지고 놀기 좋은 장난감처럼 여기는 것처럼 보였거든.

지금까지 제가 비슷한 취급을 받아 와서 그렇습니다! 물론 저는 막 굴려도 괜찮은 장난감 취급을 당했다는 게 다르지만요!

불안한 마음에 조마조마 대답을 기다리고 있을 때, 내게 볼을 비비며 자신의 냄새를 열심히 묻히고 있던 랑이가 말했다.

"둘이서 잠깐 할 이야기가 있다고 부엌으로 들어갔느니라."

"그래?"

소희가 걱정이 된 나는 랑이와 아야를 떼어 놓고 부엌으로 가려다가, 생각을 고쳤다.

랑이라면 분명 고목나무의 매미처럼 내 다리에 매달린 채 버틸 게 눈에 보이고.

아야는, 음, 홧김에 목걸이를 풀든가 손톱을 늘리지 않을까?

그래서 나는 옛날이라면 시도조차 못 할 제3의 길을 선택했다.

"영차!"

"으냐앗?"

"키이잉?!"

몸을 숙여 랑이와 아야의 다리 부분을 끌어안아 들어 올린 거다!

하하핫! 이것이 운동의 성과다! 나래의 PT를 받은 보람이 있었군!

……벌써부터 팔이 후들거리지만 말이죠.

그걸 눈치챈 랑이와 아야가 아래로 뛰어내리려다가, 내가 자신들의 다리 쪽을 잡고 있다는 걸 깨닫고는 최대한 팔에 무리가 가지 않도록 내 어깨와 목에 매달리면서 말했다.

"내, 내려 줘, 이 허약아! 그러다가 아프면 어떻게 하려고!"

"서, 성훈아, 팔 부러진다! 검둥아, 우리 성훈이 팔 부러진다!!"

그 정도는 아니야, 그 정도는! 도대체 너희들은 얼마나 나를 약골이라고 생각하는 거냐?!

그와 별개로, 나를 걱정해서 목과 어깨를 짚고 최대한 내쪽으로 붙다 보니까 아야의 나이에 맞지 않게 볼륨감 있는 가슴과 랑이의 있으나 없…….

"……내려놓아라, 이 어리석은 것아."

아니, 아닙니다. 저는 아무 생각도 하지 않았습니다.

나는 등 뒤에서 느껴지는 서늘하고 무시무시한 냥이의 시선에 랑이와 아야를 다시 바닥에 내려놓았다.

절대로, 더 이상은 힘들 것 같아서가 아닙니다.

내가 후들후들 떨리는 팔을 랑이와 아야에게 들키기 싫어서 스트레칭을 하는 척 털고 있자니, 등 뒤에서 냥이의 목소리가 들렸다.

"괜한 짓 하지 말고 자리에 가서 앉아 기다리거라. 몇 년 동안 한 번도 빨지 않은 찌든 때 같은 것은 과거의 자신과 긴히 할 이야기가 있으니 방해하지 말라고 하였으니."

"그래?"

알려 줘서 고맙다는 말을 하려고 고개를 돌렸지만, 냥이는 이미 내게서 고개를 돌린 채 흰색 연기만 내뿜고 있었다.

……저 녀석이 조금 전에 잠깐 쉬자고 했던 내 손을 들어 준 건 성린을 소파에 눕히고서 담배를 태우기 위해서가 아닐까 싶군.

"알려 줘서 고맙다."

그건 그거고 이건 이거지만.

"흥, 네놈의 칭찬 따위는 이제 질렸느니라."

아니, 난 너를 칭찬한 적이 별로 없는데 말이죠. 그리고 등 뒤로 보이는 살랑대는 꼬리는 숨길 생각이 없는 거지?

"으냐아, 내가 말해 주려고 했는데 말이니라."

"키이잉! 아빠가 무리해서 그렇잖아!"

다만 랑이와 아야는 자기가 알려 주고 싶었는지, 못내 아쉬운 것 같다.

못내 아쉽다는 말, 이럴 때 쓰는 거 맞지? 아야를 보니까 조금 헷갈려서 말이다.

어쨌든, 살짝 아쉬워하는 랑이와 아야의 머리를 조금 거칠게 쓰다듬어 준 뒤, 나는 다시 의자에 앉았다.

그러자 흐트러진 머리를 정돈하며 뭔가 말하고 싶어 하던 기색의 랑이와 아야도 살짝 입술을 삐죽이고 볼을 부풀리면서도 다시 의자에 앉았고.

다행이네. 세희가 소희를 불러 따로 자리를 가졌는지 잠깐이라도 생각해 보고 싶었거든.

"그러실 필요 없습니다, 주인님."

세희 님께서 그럴 필요 없다고 하십니다.

세희와 소희는 부엌과 이어진 문을 열고 안으로 들어왔다. 세희야 평소와 같은 마이페이스였고, 소희는…… 뭐라고 할까.

토론회에서 상대방의 주장에 뭔가 반박을 하고 싶은데, 그게 자신이 생각해도 옳은 말이라 할 말이 없을 때 지을 법한 표정을 짓고 있었다.

하지만 그것도 잠시.

의자에 앉아 있는 나와 소파에 앉아서 잠들어 있는 성린의 등을 토닥여 주고 있는 성의 누나를 보고서는 두 볼을 붉혔다.

그러거나 말거나.

"더 이상 소희 님께서 청자, 실례, 듣는 분의 지적 수준과 정보 습득 허용량을 무시한 채 설명하는 것을 두고 보았다가 는 주인님께서 최소 다섯 번은 바람을 쐬러 나갔다 오실 것 같아서 잠시 의견을 나눴을 뿐이니까요."

세희는 자기가 할 말을 했다.

그런 세희를 보며 소희는 바로 표정을 굳히고 입을 열었고.

"그만하세요, 세희 님. 제가 상황에 맞지 않게 선택과 집중을 하지 못했다는 건, 충분히 알았으니까요."

"그렇게까지 말씀하실 건 없습니다, 소희 님. 조금 전의 이야기는 분명 주인님께서 알고 계셔야 할 사항이라 생각하니까 말이죠. 안타깝게도 주인님의 집중력이 갓난아기 수준이라는 것을 소희 님께서 어찌 아실 수 있었겠습니까?"

주먹을 불끈 쥔 소희가 말했다.

"……저는 절대로 세희 님처럼 기회만 생기면 남을 비꼬는 어른은 되고 싶지 않네요."

"이미 늦은 것 같습니다만, 정해진 운명에 저항하는 모습을 지켜보는 것도 각별한 즐거움인지라, 응원하겠습니다."

기분 탓인가.

소희가 입고 있는 옷이 아주 잠깐이지만, 전투복으로 변했다가 돌아온 것 같은데.

내가 요즘 헛것을 본 거겠지. 암. 그럴 거야.

"둘 다 그만해."

그렇지만 가장으로서, 그리고 겁쟁이로서 만약의 사태는 막아야겠지.

"슬슬 마음에서 비롯된 힘…… 그러니까 마음의 힘에 대해서 듣고 싶으니까."

"죄송해요, 성훈 씨."

"죄송합니다, 주인님."

하지만 세희와 소희가 누가 먼저라고 할 것 없이 고개 숙여 사과하기에 내 안의 소시민적인 자아가 움찔 떨고 말았다.

"아니, 그렇게 미안해할 건 없고."

하지만 소희는 약간 주눅 든 채로 탁자 맞은편에 앉았고, 세희는 소리 없이 내 등 뒤에 섰다.

……나, 나는 단순히 세희와 소희가 말다툼을 벌이는 일을 막고 싶었을 뿐이야! 이렇게 분위기를 무겁게 만들 생각은 없었다고!

"그러면 마음의 힘에 대해서 말씀드릴게요."

그런 상황에서 소희의 이야기는 다시 시작되었다.

"간단히 설명하자면, 마음의 힘은 자신의 뜻을 현실에 구현하는 거예요. 성훈 씨가 가지고 계신 천부인처럼 말이죠."

……처음부터 강하게 나오는데.

그런 걸 쓸 수 있어야 하는 건가, 살짝 걱정이 된 내게 소희가 말했다.

"하지만 천부인처럼 개인의 힘으로 세계를 개변하는 건 신선이라 해도 불가능하죠. 세계와 동격을 이룰 수 있으려면 최소한…… 아니, 실례했어요. 이건 지금 당장 필요한 이야기가 아니네요."

소희는 내가 아닌 내 뒤쪽을 바라본 뒤, 살짝 헛기침을 한 뒤 다시 말했다.

"지금 중요한 건, 성훈 씨의 마음과 그에서 비롯된 힘은 이미 대요괴를 상대할 수 있기에 충분하다는 거예요."

나는 지금 눈치 줬냐고 세희에게 물어보고 싶었지만 포기했다. 지금은 소희의 이야기에 집중해야 하니까.

"그렇기에 성훈 씨가 마음의 힘을 쓰는 방법만 배우신다면, 대요괴를 상대하는 것도 어렵지 않아요."

그건 나도 알고 있다.

이미 랑이가 보증해 줬으니까 말이지.

내가 마음의 힘을 쓰는 방법을 모른다는 게 문제지만.

"지금부터 제가 그 방법을 체득시켜 드릴 거예요."

내가 그렇게 생각할 거라 예상한 듯, 소희가 말했다.

"저와 오라버니가 함께 연구한 마음의 힘을 쓰는 방법은 네 가지가 있지만, 그중에서 성훈 씨에게 가장 쉽고, 익숙하면서, 배우기 쉬운 건 역시 '말'을 사용하는 방법이에요."

"……말?"

입에서 나오는 그 말?

내 말에 소희가 고개를 끄덕였고, 목소리는 뒤에서 들려왔다.

"이쪽 바닥에서는 언령이라고도 합니다."

"아, 다행이네요. 이쪽 세계에서도 언령이라는 단어가 있다면 설명하기 편하겠어요."

"잠깐만."

세희와 소희의 말에 나는 잠깐 휴대폰을 꺼내 인터넷을 검색해 보았다.

어, 그래. 그쪽 이야기였구나.

그러고 보니 나도 중학생 때인가? 세현이 두 눈을 붕대로 감고서는 이상한 헛소리를 할 때 들어 본 적 있는 것 같다.

"그럼 다시 이야기를 계속해도 괜찮을까요?"

그런 잡생각은 소희의 질문에 머릿속에서 사라졌다.

"아, 미안. 계속해 줘."

고개를 끄덕인 소희가 말했다.

"성훈 씨는 말에는 힘이 있다는 격언을 아시나요?"

"응."

"제가 성훈 씨께 체득시켜 드릴 방법은, 그 격언의 연장선이라 생각해 주셨으면 해요."

두 번.

세희에게 이리저리 휘둘린 나는, 이 자리에 있는 모두가 듣고 이해할 수 있도록 단어에 신경을 쓰고 있는 소희가 두 번이나 말한 어려운 단어를 듣고 넘길 수 없었다.

"체득, 말이지."

"예."

약간 기쁜 기색의 소희는 내 눈을 피하지 않았다.

"그렇게 시간적인 여유가 있는 상황은 아닌 것 같으니까요. 그러니 조금 과격하긴 하지만, 확실하고 빠르게 마음의 힘을 쓰는 법에 익숙해질 수 있는 방식을 쓰고 싶어요. 그래도 괜찮을까요, 성훈 씨?"

……단상 위에 섰을 때, 한 달 뒤부터 시작이라고 말할 걸 그랬다.

"내가 지금 찬물 더운물 가릴 때가 아니긴 해."

나는 그런 후회를 하며 소희에게 말했다.

"그래서 얼마나 과격한 방법이야?"

"말은 그렇게 했지만, 그렇게까지 걱정하실 건 없어요, 성훈 씨."

소희야, 나는 그 말이 무섭다.

그런 내 마음을 아는지 모르는지, 소희는 잠깐 산책 나갔다 온다는 투로 말했다.

"제가 첫 번째로 성훈 씨에게 쓸 요술은 금언술(禁言術). 말을 못 하게 되는 요술이에요."

거봐! 무지하게 무식한 방법이잖아!

나만 그렇게 생각한 게 아니었는지, 지금껏 조용히 소희의 이야기를 듣고만 있던 랑이가 꼬리를 바짝 세우고 털을 곤두세우고서는 소리 높여 외쳤다.

"으냐앗? 그, 그러면 그 요술을 쓰면 성훈이가 말을 못 하게 되는 것이냐? 나, 나는 그런 건 싫으니라! 성훈이의 목소리를 하루라도 듣지 못하면 살아도 사는 게 아닌 것이니라!"

"그게 무슨 요술이야, 이 사이비야! 그 정도면 저주지, 저주! 우리 아빠 털끝 하나라도 건드려 봐! 내가 가만 안 둘 거야! 절대로, 절대로 가만 안 둘 거라고! 캬아앙!"

아야도 지지 않고 불편한 마음을 숨기지 않았고.

……그래도 여우불은 좀 숨겨 주지 않겠니?

"두 분 다 진정해 주세요."

하지만 소희는 조금의 흔들림도 없는 목소리로 말했다.

"저 또한 랑이 님과 아야 님처럼 성훈 씨를 사랑하고 있어요."

"쿨럭, 쿨럭!"

흔들린 건 내 허파였고!

그런 나와 달리 소희는 올곧은 눈동자로 나를 똑바로 바라보며 변함없는 목소리로 말을 이었다.

"무엇보다 성훈 씨는 저와 제 오라버니, 그리고 친구의 은인이세요. 그런 성훈 씨에게, 어찌 제가 감히 해를 끼치겠어요?"

깜빡깜빡.

뻐끔뻐끔.

소희의 갑작스런 고백에 할 말을 잃은 랑이와 아야는 눈을 깜빡이고 입만 벙긋거렸다. 나 역시 소희가 이 자리에서 나를 사…… 좋아한다고 직설적으로 고백할 거라곤 상상도 못 했기에 그대로 굳어 버렸고.

"그런가요?"

그렇기에 성의 누나가 대화에 참여했을 때는 조금은 다행이라는 생각이 들었다.

"소희는 성훈을 사랑한다고 했죠. 그러면 왜 조금 전에는 제…… 그래요, 권유. 제 권유를 거절한 거죠?"

다르게 말하면, 많이 걱정되었다고 할 수 있다.

성의 누나가 말한 권유가, 마루에서 있었던 일이라는 걸 깨달은 소희는 살짝 볼을 붉혔다.

하지만 그것도 잠시.

꿀꺽, 하고 침을 삼킨 뒤 입을 연 소희의 표정은 평소와 크게 다를 것 없었다.

"제가 두 분의 사이를 방해하는 것처럼 보였기 때문이에요."

귀는 여전히 빨갛지만.

"왜죠?"

그에 반해 성의 누나는 티끌만 한 변화도 보이지 않았다.

"저는 소희에게 같이 성훈과 사랑을 나누자고 했어요. 그런데 왜 방해가 된다고 생각한 거죠? 이해시켜 주세요."

사, 사랑을 나누자고 했다니…….

단어 선택에 조심해 주시면 안 되겠습니까, 누나.

"그, 그건……."

어떻게든 평정심을 지키려는 소희의 얼굴에 피가 몰려서 제대로 대답도 못 하고 있잖아요.

"캬아앙?"

그리고 아야는 꼬리에 피가 몰렸고.

지금 당장이라도 여우불을 뿜어 낼 것처럼 꼬리를 붉게 물들인 아야가 쾅! 탁자를 내리치며 일어나 외쳤다.

"도, 도대체 우리 몰래 뭘 하고 있던 거야, 이 음란아!"

"응? 응? 왜 그렇게 화를 내느냐, 아야야? 우리도 매일매일 성훈이랑 사랑을 나누지 않느냐?"

그나마 랑이가 머리카락으로 물음표를 만들며 아야에게 물어보고 있다는 게 마음에 위안이 된다.

그렇기에 나는 평소보다 조금 빨리 냉정을 되찾을 수 있었고.

조용히 왼손을 들었다.

"그만."

그렇다고 제가 한 말은 아닙니다만.

"지금은 어전 회의 중입니다. 그런 사소한 문제는 잠시 미루어 두시길 바랍니다."

등 뒤에서 들려온 싸늘하고 권위 넘치는 목소리에 그 누구도……

"왜죠?"

그래요! 누나! 젠장, 믿고 있었다고요! 다른 의미로!

뒤를 돌아보지 않아도 느낄 수 있는 세희의 날카로운 시선에도 성의 누나는 한 치도 물러서지 않고, 목소리만은 평소와 같이 온화하게 말했다.

"이건 중요한 일이에요, 세희. 소희가 성훈을 사랑한다는 걸…… 증명. 그래요, 제대로 증명하지 않으면, 저는 성훈의 목소리를 영영 듣지 못할지도 모른다는 사실에 불안에 떨 수밖에 없으니까요."

목소리만은, 말이지.

성의 누나의 녹색 머리카락의 끝은 아주 살짝, 아주아주 살짝 색이 변해 있었으니까.

"으……."

그걸 느꼈는지 성의 누나의 품 안에 평온히 잠들어 있던 성린이 갑자기 악몽이라도 꾸는 듯 어두운 표정으로 변한 채 신음을 흘렸다.

이럴 줄 알았으면 마루에서 제대로 이야기해 줄 걸 그랬네.

"그렇습니까?"

성의 누나의 모습에, 이대로 넘어갈 수는 없다고 생각했기 때문일까.

세희는 시선을 돌려 소희를 바라보며 말했다.

"죄송합니다, 소희 님. 같은 세로로서 조금이나마 도움을 드리고 싶었습니다만, 상황이 여의치 않습니다. 잘못하면 이곳에서 대요괴와 별의 의지와 인간과 귀신의 즐거운 대난투가 벌어질 것 같사오니, 성의 님의 질문에 성심성의껏 대답해 주시길 바랍니다."

농담처럼 들리지만 장난이 아니라는 걸 눈치챘는지, 방금 전만 해도 수줍음에 어찌할 바를 몰라 하던 소희는 표정을 굳히고선 고개를 끄덕인 뒤 입을 열었다.

"그만."

이번에는 내가 말한 것 맞다.

"다들 그 정도로 해."

소희의 말을 시작하기도 전에 끊은 나는, 일부러 팔걸이에 팔꿈치를 대고 손에 턱을 괴는 건방진 자세를 취하며 말을 이었다.

"소희가 나를 사랑하고 있다는 건, 나도 이미 알고 있는 일이니까."

그렇지 않으면 부끄러워서 말도 못 할 것 같았으니까요! 다행이다! 나래가 없어서 정말 다행이야! 이 자리에 나래까지 있었다면 부끄러워서 죽었을 거야!

그렇게 생각하면서도, 나는 있는 힘껏 요괴의 왕으로서 말을 이었다.

"그러니까 날 믿는다면 소희도 믿어 줘. 무엇보다 지금은 소희의 말을 끝까지 듣지도 않았잖아?"

다들 나를 얼마나 약골이라고 생각하면 일단 걱정부터 할까. 이러다가 나중에는 불면 날아갈까, 쥐면 터질까 싶어 집에서 한 발자국도 못 나가게 만드는 건 아니겠지?

……나는 불길한 상상을 머릿속에서 지워 버리고 가족들에게 말했다.

"지금 소희에게 물어볼 건, 말을 못 하게 되는 요술을 거는 게 마음의 힘을 쓰는 방법을 배우는 것과 무슨 관계가 있는지, 그리고 그 요술이 얼마나 계속되는지, 내가 원할 때 풀 수 있는 건지, 그런 것들이라고 생각한다."

나는 일부러 크게 숨을 내쉬며 말을 이었다.

"다들 알겠지?"

대답을 바라는 내 질문에 랑이가 가장 먼저 고개를 끄덕이며 말했다.

"응, 응…… 이 아니라, 나는 처음부터 소희가 성훈을 좋아한다는 걸 알고 있었느니라. 그냥 조금 놀랐던 것뿐이니라."

나는 시선을 돌려 아야를 보았다.

아야는 어깨를 움찔 떨고는 다시 원래 색으로 변한 꼬리를 앞으로 가져와 쓰다듬으며 새침하게 말했다.

"크응, 난 우리 아빠 믿어."

나는 아야에게 살짝 미소 지어 준 뒤, 마지막으로 성의 누나를 보았다.

"그러면 괜찮아요."

성의 누나는 다시금 성린의 머리를 쓰다듬으며 말을 이었다.

"저는 성훈을 믿으니까요."

후.

나는 낮게 한숨을 쉬고서, 고개를 돌려 소희를 바라보았다.

"역시…… 책에서 읽은 것과 실제로 보는 건 다르네요."

뭐가 다르다는 건지는 잘 모르겠지만, 혼잣말은 못 들은 채하는 게 예의지.

"……네놈은 날이 갈수록 겉멋만 드는구나."

혼잣말은 못 들은 척하는 게 예의라고 배웠습니다요!

그래서 그냥 소희만을 조용히 보고 있자니, 내 시선을 눈치챈 소희가 살짝 놀라서는 소매에서 꺼낸 부채로 입가를 가리고 헛기침을 한 뒤 말했다.

"그럼 다시 설명할게요."

뭔가 지금 상황을 얼렁뚱땅 넘기기 위해서라는 느낌이 들지만, 그러려니 하자.

"먼저 금언술은 파훼(破毁)가 굉장히 쉬운 요술이니 걱정하실 것 없다는 사실부터 말씀드릴게요. 그저 목에 손을 대고 살짝 요력을 흘리는 것만으로도 충분하니까요."

소희의 말에 누가 먼저라고 할 것 없이 랑이와 아야가 자신의 목에 손을 댔다.

"킁, 걱정해서 손해 봤잖아."

"그래도 다행이지 않느냐, 아야야."

아이들이 안심하는 모습을 본 뒤, 소희가 말을 이었다.

"하지만 파훼하지 않을 경우. 성훈 씨가 금언술에 속박된 채 목소리를 내시려면 단 한 가지 방법밖에 없어요."

나는 그 방법이 뭔지 얼추 알 것 같았다.

"그게 마음의 힘을 쓰며 말하는 거다?"

"예."

소희가 고개를 끄덕이며 말을 이었다.

"정확히 말씀드리면 자신의 목소리에 마음의 힘을 실어 말하는, 언령을 사용하는 것. 그게 유일한 방법이죠."

"흠……."

이해가 안 되네.

처음에는 소희에게 마음의 힘을 강하게 만들고, 그 힘을 사용하는 법을 배우려 했다. 하지만 랑이로 인해 힘을 기를 필요가 없다는 걸 알게 된 나는, 마음의 힘을 쓰는 법만 배우면 된다는 걸 깨닫게 됐지.

……그런데 왜 소희는 내게 마음의 힘을 어떻게 쓰는지 가르쳐 주는 대신, 그다음 단계로 바로 넘어간 거지?

"하지만 그건 내가 마음의 힘을 쓸 줄 안다는 게 전제로 되어야 하는 거 아니야?"

"그렇죠."

소희가 말했다.

"하지만 성훈 씨는 이미 마음의 힘을 쓰는 법을 아시잖아요?"

……누구, 저요?

당황해서 말도 안 나오는 나를 보며 소희가 살짝 미소 지으며 말을 이었다.

"다만 자신이 마음의 힘을 썼다는 자각을 하지 못하실 뿐이죠."

한 치의 의심도 없는 눈으로 바라보는 소희에게 나는 일부러 고개를 갸우뚱거리며 말했다.

"난 그럴 만한 일을 한 기억이 없는데."

……말은 그렇게 했습니다만.

사실, 딱 한 번 있긴 하다.

지금까지도 종종 이불을 걷어차게 만드는, 그 고백을 했던 것. 내가 나도 모르는 사이 마음의 힘을 썼다면 그때가 유일하겠지.

하지만 그걸 소희에게 직접 말하는 건 부끄러운 걸 넘어서 사회적인 문제를 일으키는 일! 그렇기에 모른 척하기로 했다.

했는데.

"그럴 리가요. 여기 적혀 있는데 말이죠."

소희가 소매에서 '나와 호랑이님 1권'을 꺼내 뒤쪽을 펼치고서는 읽었다.

"신랑이 신부를 맞이하러 여기까지 왔다."

저거 내 장례식장에서도 읽어 주겠네!

"아니, 야, 잠깐, 그건……."

소희는 당황해서 횡설수설하는 나를 모른 척하며 말했다.

"이건 정말 훌륭한 언령이에요. 그거 아세요?"

모르고 싶습니다.

잊고 싶습니다.

"성훈 씨는 그 한마디의 말로, 성훈 씨와 랑이 님이 처한 비극적인 현실을 극적으로 바꿨어요. 신랑이 신부를 맞이하러 온 상황으로 말이죠."

아니야! 그런 게 아니야!

나, 나는! 그냥 나는!!

"자신을 맞이하러 온 신랑을 신부가 때려죽이는 건, 상식적으로 있을 수 없는 일이죠. 보통의 경우, 서로 사랑하는 사이니까요. 그렇기에 성훈 씨는 이성을 잃은 랑이 님 앞에서도 당당하게 서 있을 수 있었어요."

나는 그냥 아무 생각 없이 말한 것뿐이라고오오오!!

"그것뿐일까요? 그 언령을 통해, 성훈 씨는 그 장소를 축복 받고 기쁨을 나누는 자리로 정의 내렸어요. 그렇기에 곰의 일족 또한 두 분을 축복하고 그저 조용히 물러나야만 했죠."

하지만 소희의 꿈보다 해몽은 끝나지 않았다.

"이 세상에 그만큼 멋진 일이 어디에 있을까요. 사랑하는 이를 위해, 평범했던 소년의 진실한 마음이 기적을 일으킨 거예요!"

그렇게 말하며 책을 끌어안은 채 황홀한 표정을 짓고 있는 소희는, 그야말로 사랑에 빠진 문학소녀와 다름없었다.

"헤헤헤, 그렇게 말해 주니 기쁘면서도 부끄럽구나."

그리고 랑이는 사랑에 빠진 소녀처럼 얼굴을 붉게 물들이고서는 몸을 배배 꼬며 사랑이 가득한 눈길로 나를 올려다보았고.

안타까운 건, 이곳에 그 둘만 있는 게 아니라는 거다.

"……부끄럽지도 않은가 봐, 우리 아빠. 그런 말을 사람들 앞에서 아무렇지 않게 하는 거 보면."

가뜩이나 심적으로 궁지에 몰려 있던 내게 들려온 아야의 따끔한 한마디는 정말 유명한 어떤 말이 떠오르게 만들었다.

엘리 엘리 라마 사박다니.

내가 모든 것을 포기하고 그저 고통을 받아들이기로 했을 때에도, 소희는 확인 사살을 멈추지 않았다.

"그뿐일까요. 성훈 씨가 나래 님과의 일로 마음의 상처를 입었을 때, 굳게 닫혀 있던 성훈 씨의 정신세계 안으로 들어온 세희 님을 말 한마디로 제압하셨죠."

"한 말씀 올리자면, 그때의 주인님은 그야말로 폭군 그 자체였습니다."

그만해애애애애!!

이 악마의 자식들아아!! 그러고도 네 녀석들이 사람이냐아아아!!

특히 소희, 너! 아무런 악의 없이 사람을 말로 만든 칼로 찌르고 있다는 게 더 나빠! 넌! 너는! 네가 아무리 부정하려고 해도 넌 분명히 세희다! 넌 분명 세희 같은 성격으로 자랄 거야아아아!!

그렇게 외치고 싶은 마음이 한가득이었지만, 나는 인간. 귀신 같은 세희들과 같아질 수는 없기에, 나는 내 모든 감정을 최대한 드러내지 않도록 노력하며 말했다.

"……그래, 내가 마음의 힘을 쓸 줄 안다고 하고."

일단은 내 부끄러운 과거가 언급되는 걸 멈추는 게 먼저니까.

"뭘 그리 부끄러워하느냐, 이것아. 나는 아직도 내 앞에서 온 힘을 다해 욕망을 외치던 네 모습이 지금도 선한데 말이니라."

가장은 무슨 가장이냐. 한강으로 가장. 아니, 지리산이니까 낙동강이 더 가까우려나.

여러분, 그동안 수고 많으셨습니다.

반인반선 강성훈은 17살의 나이로, 낭랑 18세도 되지 못한 채 생을 마감하려 합니다.

……그럴 수 없다는 게 슬프지만.

내게 있어선 조금 더 잘할 수 있지 않았을까 후회가 드는 이야기를 듣고도, 사랑에 푹 빠진 눈으로 나를 올려다보고 있는 랑이가 있으니까.

나는 그 시선에 다시 삶의 의욕을 되찾고서, 소희에게 말했다.

"좋아, 내가 마음의 힘을 지금까지 몇 번이나 써 왔다고 해. 하지만 나는 내가 어떻게 힘을 썼는지……."

"정말 모른다고 생각하시나요, 성훈 씨?"

소희의 질문에 내 마음에 파문을 일으켰다.

……모를까?

정말 난 아무것도 모르고 있는 걸까?

답을 낼 수 있는 단서조차 내 안에 남아 있지 않는 걸까?

"아니, 잠깐."

말이라는 건 상대방의 반응을 이끌어 내기 위한 것.

나는 랑이가 나와 같이 하기를 바라며 외쳤다.

나는 냥이가 쓴 요술을 부서뜨리기를 원하며 외쳤다.

나는 세희가 나를 가만히 놔두기를 바라며 말했다.

그때의 나는, 내 말이 내가 원하는 변화를 이끌어 내기를 진심으로 바라며 말했다.

그것이 전부다.

음.

아무래도 이건 좀 아느…….

"답답을 찾으셨습니까, 주인님."

뇌를 때리는 것같이 커다란 세희의 목소리에 생각이 멈췄다.

"어, 어?"

"답을 찾으셨냐고 여쭤어보았습니다."

아니, 너 조금 전에는 '답답'이라고 하지 않았냐? 분명 그렇게 들렸는데?

하지만 세희는 내 무언의 추궁에 아무런 반응도 보여 주지 않았고, 결국 난 간지럽지도 않은 머리를 긁적이며 대답을 할 수밖에 없었다.

"대충…… 알 것 같기는 한데. 그게 너무 간단한 것 같아서 말이다. 이게 맞나 싶네."

소희가 나를 1년 동안 어떻게든 수업을 빼먹고 도망치고 약속을 안 지키다가 처음으로 숙제를 다 해 온 학생을 보는 학습지 선생님 같은 시선으로 바라보며 말했다.

"세상의 진리라는 건 원래 어린아이도 알 수 있을 정도로 단순한 거죠. 오히려 성훈 씨가 찾은 답이 복잡하고 어려운 거였다면, 제가 곤란했을 거예요."

"그, 그래?"

세희와 소희의 말에 나는 살짝 용기를 내어 내가 찾은 답을 조금 더 다듬어서 말했다.

"그, 말을 통해 마음의 힘을 쓰는 방식. 그러니까 언령을 쓰는 방법 말이다. 내 말이 이루어지기를 진심으로 바라면서 말하는 거…… 맞아?"

"예, 정말 간단하죠?"

소희를 보자니 어렸을 때 본 화가 아저씨가 붓질 몇 번 쓱쓱 해서 그림을 완성한 뒤에 '참 쉽죠?'라고 말했던 게 떠오른다.

그런 생각이 얼굴에 다 드러났는지 소희는 옅은 미소를 지으며 말했다.

"하지만 간단하다고 해서 쉬운 건 아니죠. 남의 것을 탐내지 마라, 살인하지 마라, 거짓말하지 마라. 간단해 보이지만 지키기가 어려운 것처럼 말이죠."

나는 랑이가 머리카락으로 물음표를 만드는 걸 흐뭇한 시선으로 바라보다가, 왼쪽에서 날아오는 냥이의 따가운 시선에 정신을 차리고 소희의 이야기에 집중했다.

"그렇기에 믿어야 해요."

"뭘?"

소희가 말했다.

"섭리를 비틀어 세상의 법칙을 찢을 수 있는 힘이, 자신에게 있다고 말이죠."

소희의 말을 이해하기 위해 머리를 굴리고 있는 내게 세희가 말했다.

"알기 쉽게 예를 들면, 주인님께서 '오늘부터 열 살 이상 서른 살 이하의 여성은 언제나 수영복을 입어야 한다!'고 언령을 쓰셨다고 가정해 보았을 때."

"어디의 변태냐, 그건."

세희는 가볍게 내 딴죽을 무시하며 말을 이었다.

"이런 말도 안 되는 일이 자신의 말에 따라 실제로 일어날 것이라고 진심으로 믿으셔야 한다는 뜻입니다."

"예시는 마음에 들지 않지만…… 예, 세희 님의 말씀이 맞아요."

떨떠름한 표정의 소희가 고개를 끄덕였다.

"그 동굴에서 성훈 씨가 랑이 님의 앞발에 맞았던 것은 그 믿음이 부족했기 때문이에요. 하지만 성훈 씨는 살아남았죠. 거대한 호랑이님의 앞발에 맞고도 살아남았다는, 상식적으로 있을 수 없는 일을 경험함으로, 역설적으로 성훈 씨는 랑이 님에 대한 믿음을 가질 수 있었어요. 그렇기에 두 번째에는 완벽하게 언령을 구사…… 아니, 사용하실 수 있었던 거예요."

나는 살짝 고개를 끄덕였다.

그때의 나는, 지금 내 옆에서 새빨개진 얼굴을 두 손으로 가리고서 부끄러운 옛날의 이야기를 모르는 척하고 싶어 하는 귀여운 랑이가 무슨 일이 있어도 나를 해치지 않는다는 세상의 진리를 온전히 믿지 못했으니까 말이다.

"하지만 이건 상당히 특……."

"죄송합니다만, 소희 님."

세희가 소매에서 검은색 접이식 부채를 꺼내 소희의 얼굴 앞에서 펼쳤다가 거둔 뒤 말했다.

"혹시 소희 님께서 자라 온 세계에서는 세 살 버릇 여든까지 간다는 속담은 없습니까?"

"……여덟 살 버릇 여든까지 간다는 속담은 있어요."

소희가 주먹 쥔 손을 입 앞에 대고 기품 있게 흠흠 기침을 한 뒤, 살짝 붉어진 얼굴로 말했다.

"실례했어요. 흥이 올라서 약속을 깜빡하고 말았네요."

……어, 그러니까, 지금 이 상황은 부엌에서 최대한 설명을 짧게 해 달라고 했는데 소희가 버릇처럼 길게 이야기를 하려고 하니까 세희가 끼어든 거라고 받아들이면 되는 건가?

맞나? 중간 과정이 없으니까, 뭐 알 수가 있어야지!

하지만 소희는 부엌에서 세희와 나눴던 대화를 이야기해 줄 생각이 없는 것 같다.

"그러면 금언술에 이은 두 번째 요술이 필요해요."

아, 그리고 보니 가족들의 격한 반응 덕분에 모르고 넘어갔는데, 분명 그때 첫 번째 요술이라고 했었다.

소희는 기억을 떠올리고 고개를 끄덕인 나를 본 뒤, 시선을 살짝 돌려 세희를 보며 말했다.

"제 생각이지만, 세희 님께서는 이 요술을 쓰지 못하시기에 저를 더 이상 막으실 수 없었던 거겠죠. 안 그런가요, 세희 님?"

"역시 저와 같은 뿌리를 둔 소희 님다운 말씀이십니다."

"……"

비꼰 건지 칭찬한 건지, 해석하기에 다른 세희의 말에……아, 물론 나는 비꼰 거라고 확신한다.

소희는 살짝 주먹을 쥐었다가 풀고는 분한 표정으로 나를 보며 말했다.

"다시 이야기를 계속하면, 제가 성훈 씨에게 쓸 두 번째 요술은 개통술(開通術)이라고 해요.

하지만 그런 건 아무래도 상관이 없어졌다.

"……개통술?"

세희와 페이 덕분에 인터넷 사이트를 돌아다니게 된 나는 요술의 이름에서 굉장히 위험한 낌새를 느낄 수 있었거든.

"그, 그런 건 아, 아니에요!"

내 눈빛이 미묘해진 걸 알아챘는지, 소희가 살짝 얼굴을 붉히고서는 고개를 흔들었다.

"성훈 씨가 생각하시는 그런 게 아니니까, 오해하지 마세요!"

그러면 다행…….

"애초에 그런 소설은 이제 많이 줄었으니까요!"

뭐가 다행이냐!

"읽기는 읽는다는 거잖아!"

소희가 탁자에 손을 짚고 벌떡 일어나며 외쳤다.

"문학에 선입견을 가지는 건 위험한 일이에요, 성훈 **님**! 미풍양속을 어지럽힌다는 이유만으로 금서로 지정된 책들도 알고 보면 보석보다 값진 문학적 가치가 있는 경우도 많으니까요!"

……자기가 좋아하는 쪽에는 조금도 지지 않으려 하는 게 정말 세희와 쏙 닮았습니다.

"무엇보다 전 이제 그때와 달리 더 이상 아이도 아니고요! 이미 성인식도 치렀다고 말씀드렸잖아요! 제 성 윤리관은 이미 확립된 지 오래라고요!"

그래서 나는 머리에 연기가 날 정도로 흥분한 소희에게 항복의 표시로 두 손을 들어야만 했다.

"알았어. 미안해. 내가 잘 알지도 못하면서 괜한 소리를 했다."

"……아."

내 사과를 듣고 자신이 평소보다 많이 흥분했다는 사실을 깨달은 소희는 얼굴을 붉히고서는 재빨리 자리에 앉아서는 주먹 쥔 손으로 입을 가리고서 헛기침을 했다.

"아니에요, 성훈 씨. 제가 조금 흥분하고 말았네요. 안 그래도 오라버니와 자주 논쟁을 벌이던 주제라서 말이죠."

기분 탓인가. 천장에 가려 보이지도 않는 하늘에서 아사달이 상쾌한 미소를 지으며 '하하하, 이제는 네 차례야.'라고 말하는 모습이 보인다.

왜인지 모르겠지만, 분하다. 나는 그 마음을 억누르며 소희에게 말했다.

"그래서 그 개통술이라는 건 어떤 요술이야?"

아이들의 귀가 쫑긋 서는 게 보인다. 어느새 뜨개질을 뜨고 있던 성의 누나도 손을 멈추고 소희를 향해 고개를 돌렸고.

유일하게 냥이만이 넓은 의자에 발을 올리고서 비스듬히 앉아 편하게 이야기를 듣고 있지만, 그럼에도 귀는 랑이와 다를 것 없이 쫑긋하게 서 있었다.

그렇게 온 가족들의 관심을 받는 가운데 소희가 말했다.

"간단히 설명해 드리면, 자전거에 보조 바퀴를 다는 것과 비슷해요."

……정말 간단한 설명인데.

아니, 그런데 그쪽 세상에도 자전거가 있었어? 내가 있을 때는 못 봤던 것 같은데?

"제가 알려 드렸습니다."

그런 내 호기심을 세희가 해결해 주었다.

"사실은 조금 더 복잡한 요술이지만……."

소희는 살짝 아쉬워하는 표정을 지으며 말을 이었다.

"그렇게 여유가 있는 편이 아니니까요. 아, 그래도 성훈 씨가 원하신다면 **따로 자리를 마련해서** 얼마든지 말씀드릴 수 있어요."

"아니, 괜찮아."

나는 딱 잘라 거절했다.

아까 말했듯이, 어려운 건 사절이니까.

"예…… 알겠어요……."

하지만 소희가 살짝 주눅이 든 모습을 보니까 내 결심이 살짝 흔들리고 말았다.

즉시 바로잡았지만.

마음의 힘에 대한 설명을 들었을 때 머리가 터질 것 같았던 일을 벌써 잊을 정도로, 나는 정신적인 피로에 둔하지 않다.

그래서 나는 급히 화제를 돌렸다.

"그보다 그 요술은 언제 써 줄 수 있어?"

왠지 모르게 눈을 빛낸 소희가 말했다.

"지금 당장도 가능해요. 어떻게 하시겠어요?"

왜일까. 지금의 소희를 보고 있자니, 세희 때문에 생긴 스트레스를 풀기 위해 데드리프트 무게를 50킬로그램 늘린 나래가 떠오르는 건.

"부탁해."

하지만 뒤로 미룰 수도 없는 일이라 나는 고개를 끄덕였고, 소희는 의자에서 일어나 내 옆에 다가와 살포시 내 손을 잡으며 말했다.

"아, 그런데 성훈 씨."

"응?"

"아주 조금, 정말 아주 조금 아플 수도 있어요."

……난 그 말이 제일 싫어.

끝마치는 이야기

결론부터 말하자면, 소희의 요술은 생각보다 아프지 않았다. 음, 대충 나래가 장난으로 옆구리를 꼬집는 정도?

……생각보다 아프지는 않았다는 거지, 아프긴 아팠다는 겁니다.

"그러면 한번 말씀해 보세요, 성훈 씨."

마치 수술을 마친 의사처럼 얘기하는 소희에게 나는 수고했다는 말을 하기 위해 바짝 말라 버린 입을 열었다.

"……"

아무 말도 나오지 않았다.

세상에, 진짜로 말이 안 나오네. 신기하면서도 거북한 경험에 살짝 당황한 나를 보며 소희가 말했다.

"금언술은 효과가 있는 것 같네요."

효과가 너무 확실해서 조금 무서울 정돈데.

"그러면 뭔가 몸 안에 달라진 게 있는 것 같나요?"

이번에는 개통술에 대한 걸 묻는 것 같은데…….

나는 조용히 내면을 관조해 봤다가, 바로 내가 그런 걸 할 줄 모른다는 사실을 깨닫고 그냥 조용히 고개를 저었다.

분명 소희가 내 가슴에 손을 얹고 뭔가를 한 것 같기는 한데, 따아아아끔했던 것 말고는 뭔가 달라진 게 없거든. 속이 거북해진다거나 이질감이 든다거나, 그런 거 말이지. 그냥 긴장을 너무 해서 그런지 목이 마를 뿐이다.

설마, 소희가 요술을 잘못 썼나?

"그러면 다행이네요. 개통술은 눈에 띄는 변화가 있는 요술이 아니거든요."

그건 다행이네. 또 아픈 꼴 당할까 봐 살짝 무서웠다.

자, 그러면 요술도 제대로 걸렸으니…….

지금부터 전 뭘 해야 하는 겁니까?

나는 반사적으로 입을 열었지만 목소리가 나오지 않아 마른침만 삼켰고, 주머니 속에서 휴대폰을 꺼내 짧게 글을 쓴 뒤 가족들에게 보여 주었다.

[이젠 뭘 해야 해?]

세희가 즉답했다.

"알고 계시지 않습니까."

그래, 알지. 잘 알고말고. 내가 그런 뜻으로 물은 게 아니라는 걸, 네가 알고 있는 만큼.

[그러니까 무슨 말을 해야 하냐고.]

운동을 시작하기 전에 몸을 풀기 위해 스트레칭을 먼저 하는 것처럼, 언령에 익숙해지기 위해 연습할 때도 뭔가 좋은 말 같은 게 있을 만하잖아?

나는 이 모든 생각을 휴대폰으로 써야 하나 싶었지만, 다행이도 세희와 달리 설명을 좋아하는 친절한 소희가 대답해 줬다.

"가장 좋은 건 상대를 통제하는…… 실례했어요. 다른 사람의 행동을 제한하기 위한 언령이나, 반대로 조종하는 언령을 쓰시는 걸 연습하시는 게 좋겠죠."

그러니까 예를 들면, '그대로 멈춰라!'나, '내 앞에서 춤을 춰라!' 같은 것 말이지.

……야한 건 생각하지 않았습니다. 정말입니다. 진심이에요. 세현이 내게 추천해 줬던 만화나 게임에서 나오는 장면 같은 건 떠올리지도 않았습니다.

그, 그보다 말이지.

소희가 내가 보여 준 휴대폰에 놀라지 않은 건 조금 예상 외였다. 왜, 만화나 드라마 같은 거 보면 과거에서 현대에 온 사람이 TV나 자동차를 보고 깜짝 놀라는 장면 같은 게 많이 나오잖아. 소희도 그러지 않을까 살짝 기대했는데, 아무래도 가전 기구를 가지고 장난을 치는 건 포기해야겠다.

……나는 그런 얼빠진 생각을 머릿속에서 지워 버리며 손가락을 움직였다.

결론부터 말하면, 둘 다 지워야만 했지만.

"하지만 성훈 씨에게는 타인을 통제하는 언령은 아직 이르다고 생각해요."

소희의 말에 나는 고개를 끄덕였다.

"그러니 먼저 성훈 씨의 진심을 말하는 법부터 연습하시는 게 어떨까요?"

진심을 말하는 연습이라. 그건 좀 할 만하다는 생각이 들어 나는 고개를 끄덕였다.

그러면…… 뭐가 있을까? 지금의 내가 진심으로 할 수 있는 말이.

그렇게 잠깐 생각에 잠겨 있던 나는, 소희가 나와 눈을 맞춘 채 자신이 하고 싶은 말이 있다는 걸 내가 깨닫기만을 기다리고 있다는 사실을 조금 늦게 알아챘다.

뭔데?

……마른 입술을 움직이면서 숨을 내쉬며 혀를 놀렸지만 말이 나오지 않았고, 나는 다시 휴대폰을 눌렀다.

[왜 그래?]

그제야 소희가 말했다.

"성훈 씨가 연습하기 가장 좋은 말이 생각났거든요."

오! 나는 자세를 고쳐 앉아 흥미가 있다는 걸 보여 주고서, 계속 말해 달라고 손짓했다.

그리고 소희가 살짝 볼을 붉혔을 때, 이건 뭔가 좀 불안하다는 생각에 입을 열었지만 나오는 건 그저 숨소리뿐이었다.

"사랑해."

소희의 고운 입술에서 나온 목소리와 달리.

당황해서 입만 벙긋거리고 있는 나를, 소희는 붉어진 볼을 숨기지 않으며 말을 이었다.

"성훈 씨가 진심을 다해 말할 수 있는 말 중, 사랑한다는 고백보다 좋은 건 없다고 생각해요."

아니, 왜 그렇게 생각하는데?!

그렇게 말을 하려다가 내가 처한 현실을 깨닫고 빠르게 손가락을 움직였지만, 그보다 먼저 소희가 말했다.

"자서전을 보고 알았어요. 지금까지 성훈 씨가 **긍정적인 방향으로** 진심이 담긴 말을 하는 경우는, 보통 사랑을 고백했을 때라는 걸. 즉, 이건 굉장히 효율적인 연습이라는 거죠."

그놈의 나와 호랑이님! 내가 이번 일만 잘 끝나면 무조건 시간 내서 읽어 본다!

아니, 그게 중요한 게 아니라!

꼭 긍정적인 방향으로 연습할 필요는 없지 않아? 오히려 부정적인 쪽으로 하는 게 좋지 않을까? 내가 말로서 마음의 힘을 쓰는 방법, 그러니까 언령을 쓰는 것에 익숙해지려는 이유는 어디까지나 대요괴를 상대하기 위해서다. 그렇다면 당연히 부정적인 방향으로 말하는 연습을 하는 게 좋지 않을까? 상식적으로 생각해서 나하고 한 판 붙으려고 온 녀석의 행동을 제한하고, 억제하려면 그 편이 더 낫잖아?

예를 들어, 온 국민의 욕설인 '씨발!' 같은 것 말이지!

그렇게 글을 쓰려고 했지만.

"그것 참 좋은 생각이로구나!!"

제가 아무리 휴대폰 액정 화면에 익숙한 세대라고 해도 말보다 빠를 리가 없지 않습니까?

……문자나 메시지를 보낼 친구가 있었냐는 건 묻지 말아 주시고요.

어쨌든, 소희의 의견에 반색한 랑이는 눈동자를 초롱초롱 빛내면서 내게 말했다.

"성훈이는 말이니라. 평소에는 **조금** 솔직하지 못한 성격이지만, 내게 사랑을 속삭일 때는 언제나 자신의 마음을 온전히 드러내 주었느니라!"

그래, 랑이야. 너도 내가 아무 말없이 서울에 갔다 온 거에 대해서 불만이 많았구나. 그러면 그때 말하지 그랬니.

"그래요."

……누나, 지금만은 뜨개질에 집중해 주시면 안 될까요.

그런 내 마음의 소리는 성의 누나에게 닿지 않았다.

"성훈의 고백은 언제나 제 마음에 닿으니까요."

나는 한 손으로 얼굴을 가리며 천장을 올려다보았다. 그런다고 소희가 쓴 금언술이 금청술(禁聽術)로 변하는 일은 없었지만.

"키히힝~ 뭘 그렇게 부끄러워하는 거야, 이 난봉꾼아? 평소엔 아무렇지 않게 말하면서."

어느새 옆에 온 아야가 내 옆구리를 꾹꾹 찌르는 것도 그대로 느낄 수밖에 없었고.

나는 다시 현실로 돌아와서, 손을 내리고 정면을 바라보고서 휴대폰으로 글을 썼다.

[알았어.]

지금 내가 단지 부끄럽다는 이유만으로 피할 수 있는 입장은 아니니까 말이다. 무엇보다 여전히 건방진 자세로 앉아서 곰방대를 입에 물고 있는 냥이가 이쪽을 지켜보고 있는 상황에서 말이다.

그 시선을 내 맘대로 해석하자면, 자알~ 놀고 있다 정도가 아닐까.

"무얼 그리 보느냐. 퍼뜩 하지 않고."

나는 심기가 불편하신 냥이에게서 시선을 돌렸다.

그 자리에는 잔뜩 들떠서 눈을 반짝이는 랑이. 이 상황 자체를 즐기고 있는 듯한 아야. 나를 따뜻한 눈으로 바라보는 성의 누나. 휴대폰을 꺼내 렌즈를 이쪽으로 향한 세희.

그리고 그 누구보다 기대에 찬 눈동자로 나를 똑바로 올려다보고 있는 소희가 있었다.

후……

나는 세희를 제외한 가족들의 시선을 받아들이며, 진심을 다해 내가 아이들을 사랑하는 마음을 말로 표현했다.

사랑해, 라고.

"……."

나오지 않았습니다만!

입만 벙긋거릴 뿐 목소리가 나오지 않아요!

아이들은 그럴 수 있다는 듯 나를 응원하는 시선을 보냈지만, 그걸 알면서도 나는 극도로 당황할 수밖에 없었다.

아니, 왜 말이 안 나오는데?! 내가 지금 장난친 것도 아니고! 농담한 것도 아니고! 진심으로 사랑한다고 말하려 했다고!

그런데 이래서야…….

"소희 님, 이쪽 세계에서는 이런 걸 보고, 하던 지랄도 멍석 펴 놓으면 안 한다고 말합니다."

이 자식이?

살짝 울컥해서 한마디 글로 쏘아 주려고 했지만, 그보다 먼저 랑이가 내 손등에 손을 올리며 말했다.

"괜찮으니라, 성훈아. 너무 긴장하지 말고, 그저 평소처럼 네 마음을 우리에게 전해 주는 것만 생각하면 되느니라."

그 따스함에 조금은 마음이 안정되었다.

그뿐일까.

"아까 말했잖아, 이 깜빡아. 지금까지 아빠가 처음부터 잘하는 일이 뭐가 있었냐고. 아빠 마음 의심하는 사람은 아무도 없으니까, 그렇게 당황하지 마. 키히힝, 무슨 하늘이 두 쪽 난 걸 본 사람 같았다고."

아야도 질세라 내 왼손을 두 손으로 꼬옥 잡아 줬다. 그리고 성의 누나는 그런 모습을 보며 여전히 변함없이 따스한 눈으로 바라봐 주었다.

"좋은 가족이에요, 성훈 씨."

나도 그렇게 생각해.

그렇기에 나를 진심으로 믿어 주는 가족들의 마음을 배신하고 싶지 않다. 나라면 할 수 있다는 믿음을 가지고 있는 가족들을 실망시키고 싶지 않다.

목이 타는 것같이 마르다.

가장으로서, 남자로서, 그리고 사랑받는 사람으로서의 책임감과 부담감이 무겁게 내 어깨를 짓누른다.

하지만 그보다 더 큰 따스함이 나를 지탱해 준다.

그렇기에 나는 다시 한번.

내 진심을 다해 말했다.

"물 좀 줘."

……물 좀 달라고.

물, 생명의 원천. 제가 금언술에 걸린 뒤 가장 먼저 할 수 있게 된 말은 물을 달라는 말이었습니다. 하긴 조금 전까지 계속 이야기를 하고, 아침부터 있었던 일로 지쳤고, 아까부터 목이 마르긴 했지만…….

그렇다고 나온 말이 물 좀 줘, 라니.

"""""……."""""

그 누구도 상상하지 못한 일에 방 안에 있는 모두가 할 말을 잃었다.

"……여기 있습니다, 주인님."

천하의 세희도 당황해서 순순히 얼음이 동동 떠 있는 찬물을 내게 건넬 정도로!

상황이 상황이라 해도 목이 타는 듯 마른 것은 사실이기에 나는 가족들의 뜨거운 시선을 받으면서도 차가운 물을 마셨다.

꿀꺽꿀꺽.

등골마저 시릴 정도로 차가웠지만, 왜일까요. 온몸에서 땀이 흐르는 이유는.

"아무래도 제가 잘못 생각한 것 같네요."

그 이유를 고심해 보기도 전에 소희가 살짝 서늘해진 목소리로 말했다.

"성훈 씨처럼 속이 꼬인 분께서는 당신의 욕망을 말로서 표현하는 연습부터 하시는 게 더 효율이 좋을 것 같아요."

역시, 소희는 세희와 한 핏줄이었던 것이다.

아주 잠깐이지만, 나를 내려다보는 소희의 시선은 세희의 그것과 너무나 닮아 있었으니까.

하지만 말 그대로 아주 잠시였고, 그 자리를 차지한 건 후회가 가득한 표정이었다.

"……역시 이 방법은 안 되는 거네요."

그렇게 중얼거리며 손톱을 잘근 물어뜯으려던 소희는, 이내 뭔가를 깨닫고서는 소매에서 부채를 꺼내 부쳤다.

그런 소희의 어깨에 손을 올리며 어른스러운 미소를 지은 세희가 말했다.

"제가 지금껏 얼마나 많은 고생을 해 왔는지 이제 아시겠습니까, 소희 님?"

소희가 살짝 인상을 찌푸리며 세희의 손을 어깨에서 치웠을 때.

아야가 후우, 하고 낮게 한숨을 쉬고는 고개를 절레절레 흔들며 말했다.

"크응, 역시 아빠야. 처음부터 제대로 하는 건 하나도 없다니까?"

분명 조금 전에 한 말과 같은 말이긴 한데, 의미가 다르게 들린다? 응? 지금 나 놀리는 거지?

"후훗, 역시 성훈이에요."

성의 누나는 그저 이 상황이 즐겁다는 듯, 꾸밈없는 미소를 지으며 여러 가지 의미로 해석할 수 있는 말씀 한마디를 남기셨다.

나는 그 말에 담긴 뜻을 조금 생각해 보고 싶었지만.

"그런데 말이니라."

그전에 랑이가 내 무릎에 두 손을 얹고 바짝 몸을 앞으로 숙여 나를 올려다보며 말했다.

"이번에는 무슨 말을 해 볼 것이느냐?"

랑이의 눈동자는 내가 물을 달라고 말하기 전보다 더욱 빛나고 있었다.

나는 태양처럼 빛나는 시선과 마주하는 순간, 랑이가 내게 조금 전보다 더 큰 기대를 품고 있다는 사실을 깨달았다.

왜?

그렇게 생각하는 순간, 답이 나왔다.

욕망.

정확한 단어의 뜻을 휴대폰으로 찾아보는 건 랑이의 눈동자가 너무나 눈부셔서 힘들 것 같고.

"욕망이란 부족을 느껴 무엇을 가지거나 누리고자 탐하는 마음을 뜻합니다."

아, 고맙다.

어쨌든 다르게 말하면, 지금의 내가 바라는 것. 내가 부족하다고 느끼는 것을 알고 싶다는 마음이겠지.

그리고 그것을 채워 주고 싶다는 마음.

그게 랑이를 지금처럼 빛나게 만들고 있는 거다.

"키히힝? 그러고 보니까 그러네?"

그리고 아야는 조금 다른 의미로 눈을 빛냈다.

조금 전까지 나를 놀리던 아야가 슬쩍 목걸이를 풀어헤쳐 어른의 모습으로 변하더니! 색기가 줄줄 흐르는 요염한 눈웃음을 지으며 슬쩍 팔걸이에 엉덩이를 걸쳐 앉아 사이즈가 몇 배는 커진 부드러운 가슴을 내 어깨에 들이밀면서 내 볼을 손가락으로 훑어 내리며 말했다.

"우리 바람둥이, 나한테 하고 싶은 거 없어? 응? 이런 건 어때, 색골아? 나한테 가슴 만지고 싶다고 말해 보는 건? 키히힝~♥"

꾸욱꾸욱.

아야가 나를 놀리며 속옷 너머로는 느낄 수 없는 부드러운 감촉으로 내 어깨를 자극하지만, 나는 지극히 태연하게 있을 수 있었다.

왜냐!

나는 아야를 딸처럼 생각하고 있으니까!

그런 내가 지금 감질 맛 나게 내 어깨만 괴롭히는 가슴을 두 손으로 만지고 싶다는 말을 해 보려 해도 말이 나올 리가 없다!

절대로!

"가슴 만지고 싶다."

그런데, 짜잔! 세상에 절대라는 건 없나 보다.

이게 도대체 왜 내 입에서 나올 수 있는지 모를 말에, 물을 마시고 싶다는 말을 했을 때와는 다른 의미의 정적이 방 안을 가득 채웠다.

조금 전에는 내 말을 당혹스러워했다면, 지금은 자신의 귀를 의심하고 있는 분위기라고 할까?

"……키잉?"

그 가운데 가장 먼저 정신을 차린 건 내게 육탄 공격이라는 이름의 장난을 치고 있던 아야였다.

꼬리처럼 새빨개진 얼굴로 아야는 허둥지둥 뒤로 물러나, 재빠르게 목걸이를 차서 어린아이로 변해서는 두 손을 휘저으며 말했다.

"지, 지, 지금 무슨 말을 하는 거야, 이 변태야! 그걸 왜 다른 애들 앞에서 말하는데?!"

아니, 야! 잠깐! 무슨 소리야?! 네가 말해 보라며!!

그보다 아무도 없으면 말해도 되는 거냐?!

"……가슴."

아니, 지금 내가 이럴 때가 아니다!

조금 전까지만 해도 태양처럼 빛나던 두 눈동자에 칠흑보다 짙은 어둠이 드리워져 가고 있었으니까.

그뿐일까.

내 무릎 위에 올리고 있던 두 손을 자신의 평평한 가슴 위에 올리고 툭툭 두드리는 것과 함께 하늘이 어두워지고 천둥 번개와 함께 눈보라가 휘몰아치기 시작했다.

"성훈이…… 만질 거 없어."

더 큰 문제는 집 안에서도 폭풍이 몰아칠 것 같다는 거죠!

"……성훈 **님**은 그렇게 큰 가슴이 좋으신 건가요?"

"……5초 드리겠습니다, 주인님."

한마음 한뜻이 되어 나를 경멸에 찬 눈으로 노려보는 세희와 소희 때문이냐고?

아니다. 둘 다 무섭지만, 가장 무서운 건 따로 있다.

"흠."

조용히 이쪽을 바라보며 내가 선물해 준 낚싯대를 꺼내 어깨에 걸친 냥이 말이지.

"내 오늘 진정으로 사람을 낚는 어부가 되겠구나."

저걸 봐! 살인자의 눈이야!

이럴 때 의지할 수 있는 건 서, 성의 누나밖에 없는데!

"흐아앗……."

누님께서는 주변에 화사한 꽃을 피우고는 뜨고 있던 뜨개질로 얼굴을 가린 채 부끄러워하고 계셨습니다.

그 아래로 성린이 잠결에 성의 누나의 가슴을 만지작거리는 모습을 볼 수 있었습니다.

……그래, 내 잘못이니까 내가 수습해야지. 누구한테 손을 벌리겠냐.

무엇보다 내 말에 상처 입은 랑이를 생각하더라도 그게 맞다.

그러면 어떻게?

랑이가 평소보다 충격을 받아 말투를 바꾸는 것조차 잊어버린 건, 지금 내가 금언술에 걸려 있는 상황에서 가슴을 만지고 싶다는 말을 해서 그런 거라는 건 쉽게 알 수 있다.

그렇다면 지금 이런 상황에서 내가 상처 입은 랑이를 가장 잘 달랠 수 있는 최선의 방법은 무엇일까.

간단하다.

말을 하면 된다.

문제는 무슨 말을 하냐는 건데.

"1초 남았습니다."

생각할 시간 따위가 없구나!

그래서 나는 아무런 생각 없이 본능에 따라 외쳤다!

"뱃살도 빼고 싶다!"

……이제는 이게 왜 되는지 궁금하지도 않습니다.

"흐, 흐냐앙?"

그저 조금 전까지만 해도 쥐구멍을 찾아 들어갈 것 같던 랑이가 깜짝 놀라서는 두 손으로 배를 가리며 뒤로 물러난 것만으로도 만족한다.

"……."

소희의 시선이 더욱 차가워졌다는 건 일단 넘어가자.

아니, 이렇게 된 거 좋게 생각하자고! 긍정적으로!

그래! 이게 나다, 소희야! 네가 좋아하던 강성훈은 원래부터 C컵 이상의 가슴만 보면 눈이 돌아가는 데다가 랑이 같은 어린아이의 뱃살에 얼굴을 묻고 힘껏 숨을 들이키면서 혀로 할짝할짝하고 싶어 하는 변태였다고!

하하하하!

……어라, 왜 눈물이.

하지만 랑이가 기운을 차리고 세희의 손에 가위가 사라진 것, 그리고 냥이가 혀를 차며 낚싯대를 꼬리로 감아 숨긴 것만으로도 나는 만족하기로 했다.

만족해야지, 여기서 더 뭘 더 바라겠어?

"정말, 성훈이도 짓궂으니라. 평소에도 그리 말해 주면 내가 얼마나 기뻐할지 알면서 자기 마음을 꽁꽁 숨기고 말이니라."

그렇게 말하면서 살짝 옷을 들어 뽀얀 배를 드러내는 랑이를 보니 다른 걸 더 바라야 할 것 같군.

그래서 나는 급히 휴대폰으로 시선을 돌려 글을 써서 가족들에게 보여 줬다.

[어쨌든 지금 중요한 건 내가 금언술에 걸린 채 세 번이나 말을 했다는 거 아닐까? 이건 어떻게 생각해?]

어떻게든 옆길로 샌 분위기를 원래대로 돌려보내기 위한 내 필사적인 노력은.

"자서전으로 읽었을 때는 실감이 안 났는데, 직접 눈으로 보니 성훈 님은 정말 자신에게 불리한 상황에서 꾀를 부리는 것만은 누구보다 재주가 있으시네요. 제 마음을 모르는 척하면서도 색을 탐하는 모습에 화가 난 저조차도, 노골적으로 화제를 돌리려는 성훈 님의 모습이 너무 불쌍해 보여서 모른 척속아 넘어가 드리고 싶다는 생각이 들었거든요."

소희의 독설 아닌 독설에 바로 논파되고 말았다.

"괜찮으니라, 성훈아. 응! 나는 이미 만족하였느니라!"

"쿵, 난 아직이야. 그러니까 꼭 둘이 있을 때 다시 말해 줘야 해? 알겠지, 이 두근두근쿵쿵아?"

"으냐앗? 그, 그러면 나도 아직이니라! 나도 아직 만족 못 했느니라!"

그저 이곳에 랑이와 아야가 함께 있어 줘서 고맙다.

……이런 말하면 안 되겠지만, 폐이가 누워 있어 줘서 다행이라는 생각도 드는군.

"어찌 되었건."

그렇게 잠시 현실에서 눈을 돌린 내 귀에 사무적인 세희의 목소리가 들려왔다.

"주인님의 말씀대로, 참으로 다행히 굼벵이도 구르는 재주가 있는 것 같습니다."

세희의 말에 소희는 살짝 인상을 찌푸렸지만, 그것도 잠시.

"후우……."

낮은 한숨을 쉬며 무엇인가를 털어놓고서는 내게 말했다.

"저도 그렇게 생각해요, 성훈 씨. 어느 정도 예상은 하고 있었지만, 제 기대 이상이네요."

잘하셨어요.

소희의 솔직한 칭찬은 내 가슴을 살짝 두근거리게 만들었다.

……사실 제가 다른 사람의 칭찬에 좀 목마른 삶을 살아와서 말이죠.

그 가장 큰 이유 중 하나가 내게 말했다.

"그럼 이제 언령에 대한 감을 좀 잡으신 것 같습니까?"

세희의 질문에 나는 고개를 가로저었다.

겨우 세 번 말한 것 가지고 언령을 쓰는 법에 익숙해지면 그게 사람이냐, 귀신…….

"어쩔 수 없죠. 저도 두 번째에 감을 잡고, 세 번 만에 제 뜻대로 쓸 수 있었으니까 말이죠."

아니, 천재지.

야! 그런데 너하고 비교하면 안 되는 거 아니냐?!

"그런 말하지 말거라, 소희야."

랑이도 나와 같은 생각을 했는지, 내 앞에서 마치 여기서부터는 나 혼자 가겠다고 외치는 동물처럼 두 팔을 펼치고서는 말을 이었다.

"우리 성훈이는 연습보다 실전에 강하니까 말이니라. 분명히 우리를 실망시킬 일은 없을 것이니라!"

……마음은 고마운데, 랑이야. 그래도 그렇게 말하면 안 되지 않을까? 내가 지금까지 무슨 일이 터졌을 때 연습 같은 걸 할 시간 자체가 없었잖니?

무엇보다 말이다.

"아, 그러네요."

소희가 뭔가 깨달았다는 듯이 눈에 광채를 빛내는 게 상당히 불안하거든.

"그렇다면 바로 다음 단계로 넘어가죠."

아니, 그러지 마. 시간을 들여 차근차근하자고.

그렇게 말하고 싶었지만 내 의지와 달리 목소리가 나오지를 않았다.

"언령을 쓰는 연습만 할 게 아니라, 실전 훈련도 병행……실례했어요, 같이하죠."

응? 실전 훈련이라니? 지금 하고 있는 게 대요괴를 상대할 때를 대비한 훈련이잖아?

그렇게 생각하고 있는 내게 세희가 말했다.

"……무얼 그리 놀라십니까? 설마 주인님께서는 언령만으로 대요괴를 제압하실 수 있을 거라 생각하신 겁니까?"

나는 말없이 고개를 끄덕였다.

세희와 소희가 내게 언령을 쓸 때는 강한 믿음이 있어야 한다고 말했을 때도 가만히 있었던 이유도 그거다.

왜냐하면, 랑이가 나한테 그런 힘이 있다고 확신했으니까.

하지만 랑이의 고백에 근거한 내 긍정 어린 몸짓에, 옆에서 낮은 한숨이 튀어나왔다.

"자기 주제도 모르는 꼴을 보니 내 속이 터지는구나."

나를 무시하는 언니의 말에 랑이의 꼬리털이 살짝 부풀어 올랐지만, 냥이는 그를 보고도 무시하며 말을 이었다.

"마음에 들지 않는 옆집 새댁의 음식 솜씨가 자신보다 낫다는 것을 인정할 수밖에 없는 것처럼, 흰둥이에 대한 네놈의 마음이 확고하다는 것은 내 받아들이겠느니라."

냥이의 담뱃대가 나를 향했다.

"허나, 그 둔한 오성(悟性)으로 네놈이 대요괴와의 결전까지 언령을 온전히 쓸 수 있을 거라 생각하는 것이느냐?"

……어, 그건 아닌 것 같네요.

나와 같은 생각을 하고 있는지, 방금 전까지만 해도 냥이에게 한마디 하려던 랑이도 뒷짐을 지고 고개를 돌려 먼 곳을 바라보았다.

그런 나와 랑이에게 세희가 말했다.

"주인님께서 언령을 통해서만 대요괴를 제압하실 수 있으시다면 그것만큼 좋은 일이 없겠습니다만……."

세희가 가볍게 한숨을 쉰 뒤 말을 이었다.

"그런 일을 기대하느니 주인님께서 대오각성을 하셔서 제가 쓰고 있는 소설을 19금 에로 소설로 만들어 주시기를 바라겠습니다."

야! 넌 애들 앞에서 못 하는 소리가 없냐!

"으냐아? 에로 소설? 그건 무엇이느냐?"

"귀담아들을 필요 없는 말이니라, 흰둥아."

정확히 말하면 랑이 앞에서!

하지만 그렇게 말할 수 없는 나는 인상만 과하게 찌푸렸고, 세희는 그런 내게 비웃음과 코웃음으로 답하고는 말을 이었다.

"그렇기에 저는 주인님께서 언령을 통해 대요괴가 자신의 요술과 요력을 십분 발휘하지 못하게 만든다면 그것만으로도 칭찬해 드릴 생각이 있습니다."

생각이 있다.

다르게 말하면, 생각만 있다고 할 수도 있죠.

그렇게 생각만으로 딴죽을 걸고 있는 내게 세희가 말했다.

"문제는 요술과 요력이 주인님의 언령에 의해 묶인다 해도, 대요괴라면 주인님을 절구통에 잘 다져진 마늘 꼴로 만드는 게 그리 어렵지 않다는 것입니다."

냥이가 흐뭇한 미소를 지으며 고개를 끄덕였다.

세희의 예시가 마음에 들었구나, 이 녀석.

나와 다르게.

[하지만 나는 무기나 도구 같은 걸 쓸 건데?]

내 타당한 반론에 소희가 답했다.

"하지만 그걸 사용하는 건 성훈 씨잖아요?"

무심결에 고개를 끄덕일 수밖에 없었습니다.

"그런 의미에서 성훈 씨는 대요괴를 상대할 수 있는 격투

술, 그러니까 싸우는 법을 배울 필요가 있어요."

격투술이라는 말에 나는 그러면 안 된다는 걸 알면서도 성의 누나를 보고 말았다. 내 실수를 깨닫고 재빨리 고개를 돌렸지만, 그때는 이미 사슴같이 슬픈 눈을 보고 난 뒤였고.

"……미안해요. 성훈. 저는 그런 슬픈 경험은 두 번 다시 하고 싶지 않아요."

생각보다 입이 먼저 움직였다.

"미안해, 누나."

성의 누나의 눈동자가 놀라움에 살짝 커졌지만 그것도 잠시. 이내 포근한 미소를 지으며 내게 말했다.

"괜찮아요, 성훈."

휴……

나는 자신의 실수를 책망하는 한편, 누나에게 큰 상처를 주기 전에 어떻게든 수습했다는 생각에 안도의 한숨을 내쉬었다.

"걱정하지 않으셔도 돼요, 성훈 씨."

내가 안도의 한숨을 내쉬면 반드시 안 좋은 일이 생긴다는 것도 잊어버리고서 말이야.

"저 또한 요괴를 상대하는 데에는 조금 재주가 있으니까요."

왜일까요.

살짝 눈썹이 올라간 소희를 보고 있자니, 먼저 자신에게 부탁하지 않은 것 때문에 살짝 삐친 것 같다는 생각이 드는 건.

"저는, 아니, **세희**는 의외로 자신의 감정에 충실하다는 것을."

아니, 그건 잘 알고 있으니까 넘어가고!

[고마워.]

나는 그렇게 휴대폰으로 글을 써서 소희에게 보여 준 뒤, 의자에서 일어났다.

무슨 훈련을 하게 될지 모르겠지만……

아니, 사실 알고 있습니다! 소희에게 얻어터지는 내 미래가 눈에 빤히 보이지만!

피할 수 있는 일이 아니니까.

나는 마음의 각오를 다지고 한 걸음 앞으로 내딛었다.

그 순간.

"……역시 남의 말은 조금도 안 듣는 분답군요."

세희가 알 수 없는 말을 하는 것과 동시에.

주머니 속에 집어넣었던 휴대폰이 울렸다.

[Dies irae, dies illa]

나는 재빨리 휴대폰을 꺼내 발신자를 확인했다.

화면에 뜬 그 이름, **어머니.**

나는 생각도 할 것 없이 반사적으로 통화 버튼을 눌렀다가 지금 내가 말을 못 한다는 사실을 깨달았다.

허둥대며 스피커로 통화하기 버튼을 누르고 나 대신 사정

좀 설명해 달라고 세희에게 손짓 발짓을 하려고 했을 때.

　[아들.]

　어머니의 지친 목소리가 안방을 가득 채웠다.

　[엄마 좀 구해 줘야겠는데?]

　……예?

소희의 옛날 옛적에

옛날 옛적. 하지만 그리 멀지 않은 옛날에.

어여쁜 소녀가 살고 있었답니다. 어렸을 때부터 부족함 없이 자란 소녀는 조금 버릇없는 성격이 되었지만, 괜찮아요. 사람들은 사랑스러운 소녀의 애교로 받아들였으니까요.

그러던 어느 날.

한 가지 소문이 변덕쟁이 요정의 심술로 소녀의 귓가에 들려왔답니다.

"그거 아니? 숲 저쪽에 난쟁이가 만든 유리 구두가 있다는 거?"

그건 바로 유리 구두의 소문이었어요.

그 어떤 사람보다 손재주가 좋은 난쟁이가 만든, 아름다운 유리 구두에 대한 소문이었죠.

하지만 소녀는 큰 관심이 없었답니다.

"우리 집에도 구두는 많은걸!"

생일 때마다 부모님과 어른분들께 선물받은 구두가 집 안에 가득했거든요.

그 모든 구두가 소녀의 보물이었답니다.

그렇게 소녀는 유리 구두에 대한 소문을 한동안 잊고 지냈답니다.

왕자님의 생일을 축하하는 무도회에 초대받을 때까지는요.

다행이 소녀는 자신의 마음에 쏙 드는 드레스를 고를 수 있었어요.

화려하게 반짝이는 아름다운 보석으로 만든 장신구와 정말 잘 어울리는 화려한 드레스를요.

하지만, 딱 하나.

화려한 드레스와 어울리는 구두만은 찾을 수 없었답니다.

분명, 어제까지만 해도 보물처럼 반짝이던 구두였는데 말이에요.

"너무 촌스러워!"

사랑스러운 소녀의 투정에 부모님은 온 마을 구두 공방을 돌아다녔답니다.

안타깝게도 소녀의 마음에 드는 구두는 한 켤레도 찾을 수 없었지만요.

무도회는 바로 내일.

소녀의 마음은 바짝바짝 마르기 시작했어요.

그렇기 때문일까요? 소녀는 예전에 들었던 소문을 떠올렸어요.

변덕쟁이 요정이 살짝 알려 준 유리 구두에 대한 이야기를 말이죠.

"분명 그 구두라면 잘 어울릴 거야. 그거 신을래."

소녀의 부모님은 걱정됐어요.

난쟁이가 만든 유리 구두에 대한 소문은 들은 적 없었고, 무엇보다 숲은 위험하니까요.

하지만 사랑스러운 딸의 부탁을 거절할 수 없었던 부모님은 숲으로 들어갔어요.

지친 몸으로 부모님이 돌아왔을 때, 그분들의 손에는 햇빛을 받을 때마다 장미처럼 붉은 빛으로 반짝이는 유리 구두가 들려 있었죠.

하지만 부모님은 소녀에게 다른 구두를 신는 게 좋지 않겠냐고 말했답니다.

숲에서 유리 구두를 가지고 돌아가던 부모님께 착한 요정이 알려 줬거든요.

이 유리 구두에는 무시무시한 저주가 걸려 있다고.

하지만 소녀는 그 말을 듣지 않았답니다.

"난 이 구두가 좋아! 다른 건 싫어!"

소녀는 부모님의 말을 듣지 않고 바로 왕자님의 무도회로 향했답니다.

너무나 아름다운 유리 구두를 신고서요.

무도회에 참석한 모든 사람들이 소녀를 바라봤어요.

모든 사람들이 소녀와 춤추기를 원했죠.

그중에는 무도회의 주인인 왕자님도 있었고요.

"저와 한 곡 추시겠습니까?"

소녀는 왕자님의 손을 잡았어요.

은은한 노랫소리와 사람들의 부러운 시선을 가득 받으며, 소녀는 왕자님과 춤을 추었죠.

계속해서, 계속해서, 계속해서.

이상했어요.

왕자님과 함께하는 시간은 생일 선물을 받을 때처럼 행복했죠.

초콜릿을 먹을 때처럼 달콤했고요.

하지만 끝이 없었답니다.

끊임없이, 끊임없이, 끊임없이.

"이제 그만 쉬고 싶어."

하지만 소녀는 계속해서 춤을 추었어요.

멈출 수 없었거든요.

그건 왕자님도 마찬가지였죠.

사랑스러운 소녀의 손을 놓고 싶어도 그럴 수 없었어요.

소녀에게 이끌린 채 계속 춤을 추어야 했죠.

마치, 마법이라도 걸린 듯이.

그때, 이상한 걸 눈치챈 왕자님의 마술사가 요술 지팡이를 들었어요.

요술 지팡이에서 나온 신기한 빛이 소녀에게 닿는 순간!

소녀가 신은 유리 구두 한 짝이 벗겨졌어요.

왕자님과 소녀의 손이 떨어진 것도 그때였고요.

털썩.

왕자님은 무도회장의 바닥에 주저앉았지만, 소녀는 그럴 수 없었답니다.

아직, 소녀의 한쪽 발에는 유리 구두가 신겨져 있었으니까요.

소녀는 한 발로 계속해서 춤을 추었어요.

소녀는 그 누구보다 사랑스러웠고, 소녀의 춤은 우아하고 아름다웠죠.

하지만 그 누구도 소녀에게 가까이 다가가지 않았답니다.

무도회장을 가득 채우던 노랫소리도, 음악도 이미 멈춘 지 오래였고요.

소녀는 쓰러질 것 같으면서도 쓰러지지 않으며, 유리 구두를 신은 한쪽 발만으로 춤을 추었어요.

자신과 함께 춤을 춰 줄 사람을 찾으며.

자신을 지탱해 줄 사람을 찾아 손을 뻗으며.

"도와줘요. 아무나 제발 절 도와주세요."

하지만 그 누구도 소녀의 손을 잡지 않았어요.

나머지 한쪽 유리 구두라도 벗으려 했지만, 그럴 수도 없었어요.

유리 구두는 소녀의 발에 딱 맞아서 벗겨지지 않았거든요.

결국 소녀의 손이 잡은 건 벗겨진 유리 구두였죠.

한 발보다는 두 발로 춤추는 것이 조금 더 편할 테니까요.

하지만 춤을 추고 있는 소녀는 스스로 유리 구두를 신을 수 없었어요.

무도회장의 사람들은 소녀를 두려워하고 있었죠.

지쳐 쓰러질 것 같은 소녀의 발에 유리 구두를 신겨 줄 사람은 없었답니다.

그래서 소녀는 무도회장을 떠났어요.

자신의 유리 구두를 벗겨 줄 누군가를 찾아서.

유리 구두를 신겨 줄 사람을 찾아서.

소녀는 춤을 추며 떠났답니다.

계속해서, 계속해서, 계속해서.

글쓴이의 끼적끼적

안녕하세요.

원고 교정본을 받은 뒤, [아, 내가 후기를 쓰지 않고서 초본을 편집부에 보냈구나. 과거의 나는 도대체 무슨 짓을 한 건가. 덕분에 '다 끝났다~. 이제 쉬러 가야지~.'라고 생각했는데 앉아서 후기를 써야 하잖아!]라고 후회하고 있는 카넬입니다.

다들 건강히 잘 지내셨는지요.

저는 잘 지내고 있습니다.

어느덧 새해가 밝아왔지만, 여전히 밖에 나가기는 힘든 일상 속에서 나와 호랑이님 3부 4권이 독자님들께 작은 즐거움이 되었으면 하는 바람을 가지며 이 후기를 적고 있습니다.

이번 권에 대한 이야기를 조금 하자면, 그리운 아이가 오랜만에 등장하게 되었네요. 에레나도 빨리 건축 현장에서 돌아와서 뜨끈한 국밥을 먹어야 할 텐데 말이죠.

저번 권에서 성훈이 제 말을 안 듣고 멋대로 일을 벌여 준 덕분에, 이번 권에서 여러모로 고생을 많이 했습니다. 솔직히 말하면 도대체 이걸 어떻게 수습하려고 그렇게 끝을 냈는지 잘 모르겠네요.

아니, 솔직히 알고 있습니다. '미래의 나, 힘내라!' 하면서 넘겨 버렸죠. 하지만 그 미래가 이렇게 빨리 올 줄은 몰랐습니다. 부디 독자님들께서 보시기에 제대로 된 수습과 진행으로 받아들여지기를 간절히 바라고 있습니다.

동시에 지금의 저는 '미래의 나! 다시 힘내라!'라고 생각하고 있습니다.

소희의 옛날 옛적에는, 소희가 심심할 때 쓴 동화입니다. 정기적인 연재가 될 수 있을지는 저도 잘 모르겠습니다.

……뭔가 어디서 본 동화 같다면, 기분 탓이라고 생각해 주시면 정말로 감사하겠습니다.

그럼 이 제멋대로인 끼적거림도 슬슬 마무리 짓도록 하겠습니다. 아직 해야 할 일이 많이 남아있으니까요.

건강하시고, 또 건강하세요.

……라고 쓴 후기를 정말 오랜만에 다시 보게 된 카넬입니다.

출간이 늦게 되어 정말 죄송합니다.
연재가 지연되어 정말 죄송합니다.

건강상의 문제(아토피와 알레르기)로 인해 집필에 집중하기
힘들어 연재 및 출간이 늦어져서 정말 죄송합니다.

최대한 빨리 연재를 재개하고 독자님들과 다시 만나 뵙도록
노력하겠습니다.
정말 죄송합니다.

──── ◆본 작품의 의견, 감상을 기다리고 있습니다◆ ────

보내실 곳 _

서울시 구로구 디지털로 26길 111 JnK디지털타워 503호
우편번호 08390
(주) 디앤씨미디어 시드노벨 편집부

카넬 작가님 앞
영인 작가님 앞

카넬 시드노벨 저작 리스트

나와 호랑이님 23

초판 1쇄 발행 2022년 7월 1일

지은이_ 카넬
발행인_ 신현호
편집장_ 이호준
책임편집_ 유석희
편집부_ 유석희 송영규 강진경
편집디자인_ 한방울
영업_ 김민원

펴낸곳_ (주) 디앤씨미디어
등록_ 2002년 4월 25일 제 20-260호
주소_ 서울시 구로구 디지털로 26길 111 JnK디지털타워 503호
전화_ 02-333-2513(대표)
팩시밀리_ 02-333-2514
E-mail_ seed_dnc@dncmedia.co.kr

값 7,800원

©카넬, 2022

ISBN 979-11-6145-432-0 04810
ISBN 979-11-956396-9-4 (세트)

월영신 지음
JOSI 일러스트

천하제일 이인자 8

북방에서 내려오는 오랑캐에
황궁은 속절없이 후퇴만 반복하고.
마교의 소교주는 정체를
알 수 없는 이들에게 습격을 받는다.

하늘 아래 유설영 외에는 관심 없는 진백천은
끈질기게 그녀의 곁에 머물고자 하지만.

"이제 네가 곁에 있을 필요가 없다.
저 아이는 스스로 걸어갈 것이야."

결국 사랑하는 사람을 위해
그녀의 곁을 떠나야 함을 깨닫는다.

**점차 혼돈 속에 빠져드는 천하와
그 안에서 꿈꾸고 사랑하는 사람들.**

이들의 미래는 어떻게 될 것인가…….